雷德
潔爾
我……）

（阿爾弗
和蒂
在看著
Farming life in another world. Volume 05

庫茲汀
（惡魔族）
Kuzuden / Devil
「吾乃庫茲汀！
絕望
吧！」
Farming life in another world. Volume 05

「敝人是太陽城城主首席輔佐，
貝爾・佛格馬。」
貝爾
（墨丘利種）
Bell / Mercury

「要用這個做果醬吧？」
Farming life in another world. Volume 05

異世界悠閒農家

Farming life in another world.
Presented by Kinosuke Naito
Illustration by Yasumo

內藤騎之介

插畫やすも

Farming life
in another world.

Kadokawa Fantastic Novels

異世界悠閒農家

Farming life in another world.

Prologue

Presented by
Kinosuke Naito
Illustration by
Yasumo

〔序章〕

魔力

我是某個世界的火神。

火神或許會給人衝動愛吵架的印象，但我其實是走冷酷路線。

不會摸到什麼東西都讓它燒起來。

還有，雖然很像男神，但我是女神，這點要注意喔。

衝動又愛吵架的是水神。

該怎麼形容她才好呢？隨時都像冬眠前的熊。就是這種感覺。

要讓她安分，只能把甜食塞進她嘴裡。

算了，她的事不重要。

重點在於我負責的世界。

這個世界是備受諸神重視的世界之一，許多神都派遣了分神管理。

我也是火神的分神之一喔。

不過，雖說是管理卻也不能直接干涉世界，所以基本上只負責看守。

不，應該說看顧吧。

頂多是機率上一、兩千年出現一次，那種讓文明齒輪加速運轉的個體誕生時，需要引導他避免做得太過火。

因為文明急速發展會引發大規模戰爭嘛。

大規模戰爭有可能導致世界崩潰。

以神的立場來說，就算容許大戰爆發，也不能讓生命滅絕。

如果覺得「只要行星還在就沒關係」，那麼打從一開始就不會培育什麼生命。

神認為生命很寶貴。

但是，好無聊。

最繁榮的物種，目前還很有活力，文明發展安定。

擔任世界警衛人員的那些龍也很老實……既然是龍，應該叫做警衛「龍員」嗎？

同僚魔法神把最困難的魔力管理做得很確實，穩定到堪稱無懈可擊。

一想到無聊的時間還會繼續下去，就令我憂鬱。

正當我這麼想的時候，魔法神出了錯。

真稀奇。

結果預定外的魔力流入這個世界。

魔力是每個世界都有的「力量」。
我聽說，那是創造神在創造世界時剩下的「力量」。
因此必須謹慎處置，交給做事細心的魔法神管理。
那個魔法神居然會失敗。
不，重點是必須把流入世界的魔力收回才行。
啊啊，龍受到魔力的影響，開始大鬧了。

有七個大國滅亡，但我認為並不是應對太慢。
單純是流入世界的魔力太多了。
魔力讓最繁榮的物種變質，產生許多亞種。
由於是新物種，所以在懂得秩序之前會一直鬧。
真麻煩。
世界似乎進入混沌的時代。

雖然不希望無聊，但是忙得沒辦法休息也很困擾。
魔法神反省自己的過錯，接下管理亞種的工作。

這樣是幫了大忙沒錯，可是沒問題嗎？
過了一陣子後，世界稱呼魔法神為魔族之神。
有點羨慕。
唉，這也是因為他有好好工作吧。
我雖然走冷酷路線，卻和穩重可靠沒什麼緣分。不過，我也沒打算改變自己的性格就是了。

水神邀我參加宴會。
諸神宴會上端出的料理和酒，都是這個世界有的東西。
這是規矩。
既然水神滿面笑容，代表世上又多了新的甜食吧。
我也喜歡甜食。
所以參加宴會。
魔法神也參加如何？偶爾放鬆一下無妨吧？
世界好不容易要脫離混沌時代了。
我知道現在是關鍵時期，不過太緊繃也會導致失敗喔。
我覺得我沒錯。

我只是邀請同僚參加宴會而已。

並不是要妨礙負責管理魔力的魔法神。

那麼，究竟錯在哪裡呢？

當魔法神暫時將注意力從魔力上頭移開時，預定外的魔力再度流入世界。

世界再度陷入混沌時代。

Farming life in another world.

Chapter,1

Presented by
Kinosuke Naito
Illustration by
Yasumo

〔第一章〕

太陽城

01.住家　02.田地　03.雞舍　04.大樹　05.狗屋　06.宿舍　07.犬區　08.舞臺　09.旅舍
10.工廠　11.居住區　12.澡堂　13.高爾夫球場　14.進水道　15.排水道　16.蓄水池
17.泳池與相關設施　18.果園區　19.牧場區　20.馬廄　21.牛棚　22.山羊圈　23.羊圈
24.藥草田　25.新田區　26.賽跑場

1 麻煩來訪

麻煩突然登門拜訪。

雖然知道它存在，不過通常都會忘記這回事，直到面臨麻煩才會想起來。

麻煩來自東南方的空中。

一塊細長三角錐狀的基岩，以及蓋在它上頭的城堡。

我對它的第一印象，是飛在天上的霜淇淋。「和脆皮甜筒的部分相比，霜淇淋好像少了點？」——大概是這種感覺。

飛天城堡這種東西非常浪漫，讓我想起小時候看的動畫。

如果可以，我很想去一趟。不過，就算沒辦法去也無妨，光是在遠處看就會令人感到興奮。它就是這種存在——無害的話。

我們約在十天前發現這東西，根據格蘭瑪莉亞她們的報告，它正逐漸接近大樹村。確實，看起來漸漸變大了呢。高度推測約八千公尺左右吧。於是我們開始討論是不是要讓哈克蓮、拉絲蒂、蒂雅與格蘭瑪莉亞她們前去偵察。

就在大家為了該由誰去而爭論時，飛天霜淇淋很親切地向我們村子宣戰。

那就是所謂的立體影像吧？

在我家正面，出現一個十公尺高且略微透明的男子身影。我想那八成是放大後的結果，實際上這人身高大概和我差不多。從他背後有蝙蝠翅膀看來，應該是惡魔族。

「吾乃庫茲汀！愚蠢的人類啊！很遺憾，我們占領這座城了！你們的希望已經破滅啦！絕望吧！哼哈哈哈哈哈哈哈哈哈哈哈哈哈哈哈！」

…………

總而言之，我和身邊的人商量。

我們認定飛天霜淇淋為敵人。既然它逐漸靠近大樹村，那麼最好早點打下來。

我擲出「萬能農具」化成的長槍。

長槍直線飛出，命中飛天霜淇淋的甜筒部分。甜筒下端約有三分之一墜落。

「是不是該再往上一點啊？」

「應該是。」

格蘭瑪莉亞表示同意，所以我將下一發瞄得高一點。

此時立體影像的庫茲汀舉雙手投降。

「對不起，請饒了我們。」

屈服得太快了吧？

我聽立體影像庫茲汀解釋。

那個飛天霜淇淋的名字叫太陽城。似乎是很久以前——根據文獻記載，是兩千年前就已經存在的天空之城。

當時那裡似乎住著叫「神人族」的一族，站在人類那一邊攻擊魔族。最常遭受攻擊的就是惡魔族。這是約千年前的事。

之後，神人族和惡魔族在太陽城爆發多次衝突，到了約五百年前，惡魔族終於趕走神人族取得勝利，占領了太陽城。

雖說是占領，不過他們實際上只掌握了太陽城的二十分之一左右，沒有支配整座城。

最重要的是，抵抗到最後的神人族先將太陽城改為自動操縱才逃亡，所以惡魔族無法控制太陽城。

而且，太陽城移動到了高空，占領城的惡魔族回不去。

當初他們設想過許多逃離方法，不過在努力十年後放棄，改為適應環境。庫茲汀似乎就是在太陽城出生的惡魔族。

「所以，為什麼突然跑來對我們村子宣戰？」

我坦白地說出疑問。

「據說是遵從古老契約，為了加入人類一方而移動……」

城內似乎有廣播。城內廣播嗎……

在我心中充滿浪漫的城堡，降級為遊樂園的設施了。

換句話說，這座自動城堡逕自往「大樹村」移動。

因為會形成戰爭，所以惡魔族遵照古禮宣戰。

「是的，就是這樣。」

「城內的惡魔族，全都戰意旺盛嗎？」

「大、大約一半……不，連四分之一都不到。」

「意思是頂多只有四分之一想打仗？」

「因為占領太陽城的是曾爺爺那一代，而他們幾乎都不在了。」

「而你是想打仗的那一邊？」

「實在非常抱歉。」

庫茲汀在道歉的同時，將手掌抵著胸口。

我起先搞不懂那是什麼意思，露告訴我那是惡魔族的賠罪方式。

根據庫茲汀表示，他是第一次碰到戰爭所以非常興奮。

而在見識到我的攻擊之後，現今則是滿心只想著要投降了。

這樣是很好，不過……

我看向稍遠處討論的村民們。

現在，他們正在研究該讓太陽城墜落到哪裡。

我方人員依然戰意高昂。看來是對於庫茲汀透過廣播遠端賠罪感到不滿。

賠罪就該親自到人家面前來吧。這點我能理解。

「庫茲汀，你不能過來這裡嗎？」

「呃……其實我出不了城。」

「嗯？」

出不了城？這麼說來……

「不在你們支配下的其他部分怎麼樣了？」

「魔物和魔獸建立了自己的地盤。」

「……」

看樣子，庫茲汀他們似乎是被困在太陽城裡的惡魔族。

明明處於這種狀態，為什麼還能把那些強硬的臺詞講得那麼大聲呢？真是不可思議。

擊墜太陽城的計畫取消。

一來庫茲汀他們大概會死，二來太陽城的魔物和魔獸要是還活著會很麻煩。

這麼一來，就讓人想放著不管。想歸想……不過按照庫茲汀說的，太陽城似乎有可能在「大樹村」上空待機。

這樣實在是令人很困擾。應該說，上面有個不知道什麼時候會掉下來的東西，感覺很恐怖。

所以我們決定壓制它。

大家為了由誰去而爭吵。吵很大。最後決定抽籤。

我舉手表示也想參加，結果露和蒂雅把阿爾弗雷德和蒂潔爾帶過來。然後什麼也沒說。

但是阿爾弗雷德和蒂潔爾在看著我。

……

「非常抱歉。」

我辭退了。

但是露和蒂雅舉手要參加是怎樣啊！

用嘴巴爭不贏。拜託啦，抽籤之神！

由於要兼任前往太陽城的移動手段，所以哈克蓮與拉絲蒂自動參加。兩位當事人也幹勁十足。

然後會飛的露、蒂雅、格蘭瑪莉亞、庫德兒、可羅涅與琪亞比特優先參加。

抽籤呢？這樣太奸詐了吧！

呃，確實會飛比不會飛來得安全就是了。

「很好！」

「太棒了。」

蜥蜴人達尬和獸人族格魯夫抽中了。他們很開心。

另外還有幾名蜥蜴人和高等精靈。莉亞似乎落空了。山精靈芽則抽中了。

此外還有幾名山精靈表示想參加而抽了籤。山精靈參加這種行動還真是稀奇。

「因為浮空城堡的結構讓人很在意。」

「我懂妳的心情，但是別逞強喔。」

「是。」

第一壓制部隊——

哈克蓮、露、蒂雅、格蘭瑪莉亞、庫德兒、可羅涅、琪亞比特、達尬、格魯夫與芽。

另外有蜥蜴人四名、高等精靈三名與山精靈八名，合計二十五名。

第二壓制部隊——

拉絲蒂與小黑的子孫上百隻。

第一壓制部隊，從城的上半部入侵。

先和庫茲汀會合並蒐集情報，然後以掌握太陽城的控制中樞為目標。

第二壓制部隊，從城的下半部入侵。

碰到魔物和魔獸就清理掉。不過，拉絲蒂載小黑的子孫們時，一趟能安全運送的數量最多五十隻。

我選擇請拉絲蒂辛苦一點，先送四十隻上去，然後三十隻、三十隻地載運。

第一批的四十隻可說精銳盡出，烏諾和小黑三也在裡頭。

切記，大家都要平安回來。

雖然已經從庫茲汀那裡得到了魔物和魔獸的情報，而且露她們認為沒問題……但還是會擔心。

「我不會逞強啦。」

露出發前先來我這裡一趟。

「控制太陽城或許會需要知識對吧？所以我得過去。」

話是這麼說沒錯啦。注意不要受傷了。

「包在我身上。」

接著是蒂雅。

「我是去開鎖的。」

「鎖？」

「對。其實庫茲汀所說的神人族，那個……就是指天使族。要控制太陽城，說不定會需要天使族的認證。」

「啥？咦？是這樣嗎？」

「以前的天使族有點……呃，驕傲自大。我們要把過去的恥辱好好處理掉。」

「過去的恥辱？」

「現在，應該已經沒人會用『神人族』這個詞囉。」

啊～就是因為這樣嗎？

難怪格蘭瑪莉亞她們和琪亞比特滿臉通紅卻顯得很有幹勁。

…………

「要保住庫茲汀他們的命喔。」

「我知道。畢竟得把人帶來這裡讓他們賠罪才行嘛。不過，我想在這之前應該還有時間可以稍微聊聊天。」

格蘭瑪莉亞露出微笑。

我只能點頭。

我雖然只有透過立體影像和庫茲汀交談……不過既然曉得要立刻道歉，代表他應該不是個笨蛋才對。就期待他的理解力吧。

儘管野外很冷，村民們依舊齊聚一堂，高舉手臂大聲呼喊。

哈克蓮的第一壓制部隊與拉絲蒂的第二壓制部隊，在眾人的期待下出擊了。

2 靜待壓制太陽城

出動人手壓制太陽城，不代表村子周圍的魔物和魔獸會手下留情；反倒可能因為戒備變弱而來襲也說不定。

所以留守人員也沒有鬆懈。

小黑的子孫們加強防守，蘇爾琉和蘇爾蔻則持續在上空戒備。

這種時候，就會讓人希望有座布團在。

不不不，得好好努力讓牠安心冬眠才行。

然而，無事可做。

總之，我把桌椅搬到家門前，坐在能看見太陽城的地方待機。

太陽城相當遠。

據庫茲汀表示，它似乎是一座直徑上千公尺的城，不過從這裡看起來只和霜淇淋差不多大。

高度八千公尺。

拉絲蒂已經在運第三批小黑的子孫們。

照她剛剛回來時的說法，壓制順利進行。

雖然應該不會錯，但是遠方的太陽城又是搖晃又是爆炸的，還是會讓人擔心。

當我就這麼發呆時，烏爾莎拿了木材過來。

說要我幫她做槍。

…………

該不會，是受到我往太陽城丟的那發長槍影響？

幫她做是無妨，不過槍頭會弄成圓的喔。還有，不可以往人或動物丟擲。

…………

是不是飛了有六十公尺啊？真厲害耶。

獸人族男孩們也拿了木材過來。

我叮嚀了一樣的話，然後幫他們做。

…………

他們丟得也很遠呢，雖然似乎贏不了烏爾莎。

我也試著替自己做了一支。

「萬能農具」化成的長槍飛得很遠，但換成普通的長槍會如何？

挑戰。

差不多十公尺就落地了。

……可能時機沒抓準吧。再一次。

十五公尺。

唉，這表示我沒有「萬能農具」就不行嗎？

……不。

我有智慧。

擲槍器。

講得簡單一點，就是類似長柄杓的道具。如果把長槍裝在杓子那端發射出去，應該會比用手丟來得遠才對。

立刻製作且安裝。

挑戰。

…………

長槍在我面前落下。

這告訴我們凡事都需要練習。

反省。

烏爾莎用我做的擲槍器，讓長槍飛了將近一百公尺。

獸人族男孩們也想要，所以我替他們做了。

嗯，飛得很漂亮呢。

需要的大概不是練習，而是才能吧？要說不會不甘心是騙人的。

不知不覺間，高等精靈們也參一腳。

她們正在指導烏爾莎和獸人族男孩。

目標似乎從「讓槍飛得遠」轉為「讓槍命中瞄準的位置」了。

她們還準備了用稻草束做的靶，讓孩子們努力扔。

回收槍很麻煩，所以我負責量產。

既然有人指導，那麼把槍頭弄尖應該沒關係吧。刺不進目標感覺也不太好嘛。

禁止自己把槍拿出去喔。要是不守規矩……什麼處罰才會讓他們聽話呢？禁止外出、不准吃點心、增加要讀的書……再加上哈克蓮的說教，應該就差不多了吧？

不過，孩子們應該會遵守就是了。

烏爾莎他們雖然會惡作劇，卻很清楚什麼事能做、什麼事不能做。也可以說，他們曉得做到什麼程度我們會笑著原諒。讓人有點擔心將來。

大概是邊思考邊動手的關係吧，我做了差不多一百支。

順帶一提，高等精靈們擲的槍能輕鬆貫穿五十公尺外的稻草束，但烏爾莎擲的只能刺中。要求精準度似乎會讓威力變弱。

至於獸人族男孩們……飛得夠遠，但似乎不太準。天氣明明寒冷，大家卻和樂融融地玩在一起，感覺很溫馨。

安端了熱茶過來。好暖和。

……

安也對擲槍有興趣嗎？相當難喔。

安拿起我做的槍，扔向稻草束。

五十公尺外的稻草束應聲而碎，飛向遠方。

「真是把好槍。屋裡能常備個五十支嗎？」

要是有小偷跑進屋裡，事情可能會很嚴重。

不過，有小黑和座布團的孩子們在，應該沒辦法偷溜進來就是了。

當我注意到時，天空城的高度已經降到大約五千公尺了。

原本以為會這麼墜落，不過它似乎還在努力撐著。

啊……那是哈克蓮的火焰（噴吐）嗎？似乎鬧得很大呢。

古拉兒想去，但我沒准。畢竟她是人家託我們照顧的孩子嘛。

還有，如果古拉兒去了，感覺烏爾莎也會跟著去。
古拉兒要不要也試試看擲槍？咦？重要的是肚子餓了？
離晚餐還有點時間耶。
那麼，我隨便弄些點心吧。小鬆餅可以嗎？
啊，嗯，烏爾莎和獸人族男孩的份也會做，你們就安心擲槍吧。

我回屋裡量產小鬆餅。
淋上蜂蜜讓大家吃。
嗯，大受好評。
當我注意到的時候，天空城已經傾斜了。
會就這樣翻倒嗎？啊，回正了。真是努力呢。
高度降到大約四千公尺。

傍晚，第一壓制部隊與拉絲蒂回來了。
庫茲汀與他們同行。
第二壓制部隊的小黑子孫們似乎還在努力。
第一壓制部隊回來作中途報告還有吃晚餐。

那就吃飯吧——我原本這麼想，不過吃飯前還有個儀式。

「實在非常抱歉。」

在寒冬時節的室外，只穿了條內褲的庫茲汀向我下跪磕頭。

之所以只穿內褲，是因為我阻止他全裸。男人全裸看了也不會開心。

還有，在他下跪之前，我讓孩子們回屋裡了。畢竟這沒什麼好看的。

其實我原本連下跪都想阻止，不過這件事似乎非得讓他做不可。還真是嚴苛啊。

題外話，全裸下跪好像是露他們的主意。

下跪完畢後，露還有些事要和庫茲汀談。庫茲汀看起來很冷，讓他把衣服穿起來吧。感冒可是很麻煩的喔。

有藥和治療魔法所以沒關係？這樣啊。那麼，我換個說法。

穿著衣服的我也覺得很冷，所以趕快結束去吃飯吧。

3 火鍋與報告

眾人在大宅的餐廳吃晚飯。

雖然不知道壓制部隊的成員會不會回來吃飯，但還是幫他們準備了。

「留在那邊的小黑子孫們吃飯怎麼辦？」

小黑的子孫們雖然幾天不吃也沒關係，但是在村裡時每天都會吃兩餐，所以讓我有點擔心。

「就地取材囉。」

拉絲蒂告訴我不用擔心。幸好那裡有能吃的魔物和魔獸。

「那麼，我就邊吃邊聽報告吧。」

晚餐是鍋料理。

昆布底高湯加些醬油，放進白菜、豆腐、紅蘿蔔、白蘿蔔、香菇、鴻喜菇與金針菇等。

主菜讓我有些煩惱，最後丟了向麥可先生買的蝦子進去。

不知為何他送來很多和人類差不多大的巨蝦……是下訂時搞錯了嗎？啊，不，是我不該給「大一點的蝦」這種曖昧不清的指示。嗯，常識這種東西會隨地方而有所不同呢。反省。

蝦子的尺寸讓我有些吃驚，但是味道不差，所以沒問題。

我把蝦子剝殼之後切塊丟進鍋裡。雖然這樣蝦子的樣貌會變得不完整，感覺有些可惜……不過味道卻相當突出。

由於只放蝦子會有點單調，我還丟了些白身魚進鍋中。雖然還想丟螃蟹進去，畢竟有人不吃螃蟹嘛，所以還是再找機會吧。

儘管可以直接吃，倘若覺得味道不太夠，這邊有檸檬或萊姆。

我另外準備了類似柑橘系水果酒和柚子醋的東西。其他能增添風味的還有蔥、蘿蔔泥、芝麻和辣椒，大家請自取。

四到六人一鍋。

烏爾莎和古拉兒一起坐在哈克蓮那一桌。

獸人族男孩們似乎回自己家了。明明留在這邊吃也沒關係。

庫茲汀已經賠罪完畢，所以是客人。

他坐在我這一桌。畢竟我還有些事想問嘛。

雖然可以喝酒，但是太陽城還沒壓制完畢，所以注意別喝過頭了。

第一壓制部隊似乎明天還要再度發動攻勢。

「第一壓制部隊確保了惡魔族當成據點的區域和周邊地帶。」

蒂雅向我報告。

「地方這麼大嗎？」

「因為是立體的，所以相當大。不僅如此，那裡的魔物還很麻煩。」

似乎有些不算危險卻會吸收魔力的魔物。

「隨便亂碰會被吸走魔力，源自魔力的攻擊也會失效。」

原來如此。

好像就是因為有這種魔物在，惡魔族才逃不出城。因為沒魔力就飛不了。

哈克蓮之所以噴火，是為了將這些東西清理掉嗎？

第二壓制部隊似乎忙著確保各個區域，但是沒有人負責報告，所以詳情不明。

拉絲蒂表示，牠們毫髮無傷又是單方面攻擊，所以不用擔心。

真可靠。還有，牠們是不是整晚都在忙啊？

…………

「我突然想到，小黑的子孫們會不會攻擊留在那裡的惡魔族？」

儘管我不覺得小黑的子孫們會敵我不分到那種地步，但在晚上行動還是有可能出錯。

「我們考慮到了這一點，有將村長的衣服交給留在那裡的人。」

山精靈芽搬來追加的火鍋料。

「我的衣服？啊，靠氣味識別嗎？」

「是的。還有，已經確保的區域也有放。地獄狼很聰明，應該這樣就會明白。」

「的確。庫茲汀，我之前沒有細問……那座城裡大概有多少惡魔族？」

「是、是的。惡魔族包含我在內約六十人。其他還有大約兩百位的夢魔族。」

「夢魔族？」

「說魅魔（Succubus）和男魅魔（Incubus）可能比較好懂吧。」

「喔、喔……」

奇幻故事裡負責情色要素的角色。我還特地聽了說明，但是沒弄錯。女的是魅魔，男的是男魅魔。

「總共兩百六十人嗎？」

「是的。」

在封閉環境裡弄得到兩百六十人份的食物嗎？

庫茲汀非常開心地吃著火鍋。

明天再度出動時，是不是運些糧食過去比較好啊？

硬塞給人家也很失禮，於是我老實地問。

「我們栽種一種迷宮薯，所以惡魔族的糧食不成問題。」

嗯？

「夢魔族的份呢？」

「啊………啊哈哈……勉、勉強過得去。」

如果勉強過得去，為什麼要別開目光？

「呃……糧食幾乎都是迷宮薯。冬季大概會有些困難，不過如果有多餘的糧食能賣給我們就再好不過。至於費用……麻煩讓我們用迷宮薯或其他物品交換。」

「知道了，我會準備。」

我們一邊聊一邊吃。

嗯，蝦子很受歡迎呢。庫茲汀要再來一碗嗎？別客氣，儘量吃。

別桌已經在享用烏龍麵了呢。

至於哈克蓮那桌，則是早早把飯丟進去弄成鹹粥了。

啊，烏爾莎快睡著啦？雖然平常活蹦亂跳，不過畢竟只有五歲嘛。

古拉兒雖然看起來和她差不多，但實際年齡應該不是五歲吧？說不定比我還要年長呢。雖然我不敢問就是了。

閒聊時弄清楚一件事。

擔任龍族隨從的布兒佳與史蒂芬諾等惡魔族，和住在太陽城的庫茲汀他們似乎不太一樣。

正確說來，服侍龍族的惡魔族，應該稱為上級惡魔族或者古惡魔族。

我問哪裡不一樣，得知主要差別好像是戰鬥力和壽命。原來如此。

原本以為既然都是惡魔族，庫茲汀大概和布兒佳她們差不多強，看樣子是我誤會了。

那麼，實際上他的實力究竟到什麼程度呢？

儘管現在只是好奇，考慮到壓制太陽城之後的事，還是該問一下。

雖說是以壓制為目的，不過壓制以後倒也沒打算拿這座城怎麼樣。

只是因為一直待在村子上空很礙事，才想趕去別的地方。如果做不到，打下來也是選項之一。

假如太陽城沒事，庫茲汀他們想繼續住在那裡也行。我沒打算把他們趕出去。

不過，先前他們都困在太陽城裡，所以或許也有人想回故鄉。要怎麼做隨他們高興。

問題主要還是在把太陽城打下來的時候吧。在這種狀況下，就得替原先住在那裡的兩百六十人安排住處才行。

如果庫茲汀再壞一點我就會丟著不管……不過，一來他道歉了，二來住在那裡的人們似乎大多個性溫厚。

丟著不管實在有點……

這麼一來，就算以後他們要搬去別處，恐怕暫時還是得由村子關照。

存糧方面，兩百六十人份倒是沒問題，過得了冬。

果然讓「萬能農具」全力運轉達到一年三穫是關鍵。作物多到讓人煩惱要怎麼存放才不會壞。

問題在於武力。

如果太陽城居民的戰力只和一號村的人類差不多，就得派小黑的子孫們護衛才行。

儘管有些失禮，我還是問庫茲汀他們大概實力如何。

……

要客觀說明自己的實力相當困難。我只能確定這點。

「非常抱歉。」

「不，別在意。我不該問奇怪的問題。」

我向前往太陽城的人員確認。

以力氣和魔力來說，大多數能排到村裡武鬥會的戰士組。

哦哦，比預期的還能打。應該不用護衛吧？但是，實戰經驗好像幾乎等於零。

「沒有實戰經驗？」

「因為幾乎都窩在城裡……」

「不是有對付魔物和魔獸嗎？」

「那只有一開始，最近幾百年就……」

原來如此。

也就是說必須考慮很多事。不過，要先看太陽城的狀況才行。

就看明天壓制部隊的成果決定方針吧。

我把甜點端上桌。

雖然只是切好的水果，庫茲汀依舊吃得感激涕零。

4 壓制太陽城

實行太陽城壓制，第二天——

第一壓制部隊以及第二壓制部隊的拉絲蒂出動。

庫茲汀似乎也跟著回去了。

昨天來這一趟，主要是向我賠罪。畢竟就算要談今後的事，也因為還不知道太陽城會如何，所以什麼都無法決定。

我和昨天一樣，把桌椅搬到家門前，在看得見太陽城的地方待機。

太陽城雖然比昨天近，但還是很遠。啊，哈克蓮他們抵達了吧。太陽城猛烈搖晃。希望大家加油。

至於烏爾莎、娜特、獸人族男孩以及古拉兒，則是聚集在我身邊。

今天也要擲槍嗎？可以是可以，不過要穿暖一點。雖然活動身體會變暖，但是不能大意喔。

高等精靈們將我昨天製作的槍拿來。

……數量有點少，是弄壞了嗎？鬼人族女僕拿走了？喔，因為她們說過希望屋裡能常備類似的東西這樣的話嘛。

總之因為數量變少，所以我負責做槍。

由高等精靈們指導的擲槍教室開始了。

矮人、蜥蜴人與山精靈也要參加？因為有點心？呃，這個嘛，是有點心啦……

也不能和昨天一樣弄鬆餅，該怎麼辦呢？

做完槍之後，我開始做斧頭。

做給那些槍擲不好，但是誇口用斧頭就能百發百中的矮人們。

因為想像得到大家愈來愈激動的模樣，我不太希望他們丟真正的斧頭。

我做了十把木斧。

矮人們拿起來確認平衡。似乎沒問題。

接著他們雙手各拿一把，往五十公尺外的稻草束先右再左地丟過去。

漂亮地命中。如果稻草紮成人型，應該會劈在頭頂和脖子上。

一旁的烏爾莎看見後，以閃閃發亮的眼神盯著木斧。擲槍潮大概要結束了吧。

烏爾莎試著投擲木斧。

丟不到稻草束那裡。看來是力氣不夠。

其他人紛紛挑戰，然而全都做不到。古拉兒擲得很輕鬆，但是方向完全不對。

很遺憾，我沒有擲斧器。世上或許真的有，可是我不曉得。

烏爾莎他們回去擲槍了。

午飯過後，我一邊煩惱該弄什麼點心一邊看著太陽城。

高度正在恢復呢。差不多回到六千公尺左右了。

難道說，大家會提早回村？這麼一來，就有很多事要忙了。

抱歉，點心和昨天一樣是小鬆餅。

點心時間。

烏爾莎他們的心思已經完全飛到大宅的廚房了。

吸引注意力的不止鬆餅味，還有草莓果醬的甜香。

和昨天一模一樣未免太無趣，所以我中午過後就開始熬煮果醬。另外還打算配上鮮奶油。

雖然都不算什麼新東西，但是剛煮好的溫熱果醬美味程度不同凡響。

雖然平常有做果醬的獸人族男孩們大概已經知道了……啊，那是獸人族女孩們的工作嗎？

既然如此，就等著為新品果醬的美味而吃驚吧。

幫忙製作的鬼人族女僕們，似乎也很在意味道會如何。

準備所有人的份吧。

…………

果醬夠不夠啊？煮好以後的量會少得讓人吃驚吧。

不夠的是鬆餅。

似乎是運動過後肚子餓了。

只好請鬼人族女僕多努力。

因為我要專心製作追加的果醬。

方才高度看似回升的天空城，突然降了下來。

起先我還以為它會就這麼墜落到地面……

哈克蓮和拉絲蒂在太陽城的底座下方繞……啊，發動攻擊了。

勉強撐住了？

好像是要轟掉底座。出了什麼事嗎？

無論如何，岩石會掉下來，所以要注意地面喔。那一帶應該沒有人吧？

…………

一開始往太陽城投擲長槍這件事，就先放一邊。

比傑爾來了。
由於已經用小型飛龍通訊聯絡過，所以我沒想到他會跑一趟。
「因為你們似乎正在進攻，所以我姑且來確認一下。」
「畢竟那座城相當於待在村子的正上方嘛，讓人很困擾。啊，該不會那座城的擁有者是魔王國？」
這麼說來，惡魔族說他們占領了那座城，他們會不會是魔王國軍的人？
明明昨天有碰面，卻忘了問這件事。真是失態。
「不，真要說起來應該是敵城。」
「……惡魔族宣稱他們占領了耶？」
「這就不清楚了。根據我們的紀錄，沒有特別提到這件事。更何況惡魔族並非全隸屬於魔王國。」
「這樣啊。等壓制完畢之後，我們會確認這件事，到時候再聯絡你囉。」
「那就麻煩了。」
比傑爾把剛做好的果醬裝瓶帶回去。
比傑爾離開後不久，好林村以小型飛龍通訊捎來聯絡。
說是感謝我們提供太陽城的相關情報，另外如果從太陽城取得稀有金屬，希望能讓他們運用。
原來如此。
嗯，這部分就交給加特吧。畢竟加特也被香味釣來了。

啊，鬆餅沒了，所以把果醬塗在麵包上嗎？這樣也不錯呢。
但是，點心吃太多會吃不下晚飯喔。

原本以為在比傑爾與好林村之後，德萊姆他們搞不好也會聯絡，結果沒有。
對於龍來說，太陽城或許沒什麼大不了的吧。

就在點心時間結束，大家再度開始各自回去忙的時候——
一道光劃過村子上空。
光來自太陽城的方向，所以我一開始以為是太陽城發動攻擊，然而並不是。
那是哈克蓮的火焰。居然能從那裡噴到村子上空啊？真厲害耶。
不，是降低威力延長距離嗎？
那就表示……她在發送什麼信號或通知……
我往太陽城和哈克蓮看去。
哈克蓮她們在當成太陽城底座的大岩石中段附近縱向畫圓。
從村子的角度看，就像一面靶。
大概是發現我看到了吧，哈克蓮和拉絲蒂避難去了。
原來如此。

我舉起「萬能農具」化成的長槍，擲向哈克蓮與拉絲蒂畫出的靶。

一直線。

嗯，漂亮命中。

緊接著，太陽城的底座就從命中處崩塌，落向地面。

離得很遠所以聽不到聲音……但是一會兒後地面開始搖晃。

好啦，該拿眼睛閃閃發亮的烏爾莎他們怎麼辦呢？

問我投擲長槍的訣竅也沒用喔，應該吧。

太陽城失去了底座——霜淇淋的甜筒部分。

我起先還擔心太陽城會不會出事，不過沒問題。

只有城堡的部分也可以飛。真厲害啊。

原本的底座所在處……可以看見某種半球型的東西。

材質和城一樣，大概是城的一部分吧。

說不定這才是太陽城該有的模樣。

失去底座的太陽城，在高度約五千公尺的地方穩定下來。

往村子方向的移動似乎也停了。

控制住了嗎？嗯，看樣子似乎是。

能看見第一壓制部隊往村子飛來。

拉絲蒂也載著小黑的子孫們。

第二壓制部隊也撤退啦？

他們應該會在晚飯前抵達。

就邊準備晚飯邊等吧。

今天的主菜是什麼？好像是天婦羅。原來如此。

別忘了要消耗蝦子。

第一壓制部隊與第二壓制部隊的部分成員歸來，向我報告太陽城壓制完畢。

這一次，庫茲汀沒有同行。

惡魔族和夢魔族似乎在討論今後的方針。

另外，還留在太陽城的第二壓制部隊，今天也不會撤離。

雖然魔物和魔獸已經殲滅，但是怕有漏網之魚，所以牠們為了保險起見留下。原來如此。

所以呢，明天輪到我。

要去太陽城確認成果。

可以去嗎？咦？真的？

烏爾莎他們說也想跟著去耶？啊，帶他們一起去是吧。
既然有哈克蓮看著就沒關係囉。

晚餐時，大家都在談論第一壓制部隊與拉絲蒂的英勇事蹟。
似乎變成爭奪獵物的樣子。
吸收魔力的魔物呢？
啊～靠哈克蓮的火焰和純粹的武力解決了。原來如此。
不管怎麼說，沒人受傷真是太好了。

5 城主

我騎在哈克蓮的背上前往太陽城。
同行者包括第一壓制部隊的成員，以及烏爾莎與古拉兒。
拉絲蒂背上則載滿了要當見面禮的食材。

太陽城——

由於它在高處，我原本以為會很冷，實際上卻沒有。
也幾乎感覺不到有風。
是因為整座城都被什麼帶有魔法性質的東西圍著嗎？
仔細一想，如果不是這樣，就沒辦法前往更高的地方了吧。
氣溫感覺就像春天。城裡一直都是這樣嗎？

哈克蓮降落在某個像是中庭的地方。
一場戲在我面前上演。
「這孩子很乖，絕對不會讓大家受傷。」
「那是魔物，魔物非消滅不可。」
「我不管，這孩子又沒做錯什麼！」
「我也很遺憾，可是……」
幾個惡魔族的大人，正在逼迫一名惡魔族少女。
大概看得出來他們在幹什麼。
雖然看得出來……不過這齣戲從什麼時候開始的啊？
該不會是配合我來的時機吧？
然後呢，大人們後面還有幾隻小黑的子孫們待機。

從牠們打起呵欠看來，牠們不是在監視，而是在看戲？應該是在看戲吧。
少女，別一直偷瞄我。大人們也一樣。
我知道你們希望我替魔物說情。
…………
「告訴我怎麼回事吧。」

和我猜的一樣。
少女偷偷飼養太陽城的魔物幼崽。
到這邊還沒什麼問題……倒不如說困在太陽城裡已有滿滿的問題了，所以會放過這種小事。
大概是認為不必特地收拾掉沒有敵意的魔物吧。
好像也有「如果能馴服魔物，說不定會有什麼變化」的盤算。
但是，小黑的子孫們將魔物與魔獸殲滅後，情況就不一樣了。
偷偷飼養的魔物該怎麼處理呢？雖然想盡可能保住牠，但是殲滅魔物們的那群狼都在看啊。這種時候，只好拜託大人物。
結果似乎就是那齣戲。
老實地說出來不就好了嗎？

希望盡可能讓人感到同情？這個嘛，我是明白你們的心情啦……
如果要在這裡飼養，只要這裡的代表同意就沒問題啦。
這座城的代表是庫茲汀吧？
「關於這點，有些事想和您商量。」
我把問題丟給庫茲汀之後，他原封不動地丟回來。
「登錄？」
好像已經能有限度地操縱太陽城。
不過，為了更有效率地操縱它，據說需要登錄城主。
我一說出「趕快登錄不就行了嗎」，便被帶往某個看似謁見廳的地點。
謁見廳的王座上……有塊和人差不多大的巨大水晶石坐鎮。
「恭候多時囉。這位就是即將成為吾主的人嗎？」
雖然沒有任何地方在動，但我知道是水晶石在說話。
「這個水晶就類似控制這座城的精靈。因為它不肯認惡魔族或夢魔族為主人，所以之前一直無法控制太陽城。」
「也就是說，他不肯認庫茲汀為主囉？」
「是的。」

「惡魔族和夢魔族以外的就行了嗎？」

在庫茲汀開口前，水晶石先一步回答了我的問題。

「我只侍奉神人族。」

……原來如此。

神人族就是指天使族對吧。

我看向同行者。

蒂雅、琪亞比特、格蘭瑪莉亞、庫德兒和可羅涅都在。

「那麼，蒂雅或琪亞比特，妳們能不能誰去登錄一下？」

「村長，我不是神人族。」

「我也一樣。」

兩人別過頭去表示拒絕。

我看向格蘭瑪莉亞她們，也得到了相同的回應。

「喂，呃…………你叫什麼名字？」

我向水晶石搭話。

「問別人名字之前，不知道自己先報上名字嗎？」

「啊，抱歉。我叫火樂。你的名字是？」

「『你』？這種沒禮貌的口氣該不會是在問我吧？」

真是麻煩的傢伙。

不過，翻臉無濟於事，所以我屈服了。

「恕我失禮。能否請教閣下的大名？」

「吾乃太陽城。光榮的太陽城。」

「能稱呼您『光榮的太陽城大人』嗎？」

「光、光榮是自稱……省略這部分叫我太陽城即可。」

「這樣啊。那麼，太陽城大人，天使族不喜歡『神人族』這種說法，還望您體諒一下。」

「神人族不就是神人族嗎？說什麼蠢話。」

水晶石這麼回答的瞬間，蒂雅和琪亞比特應聲出拳。

「神人族已經死光了。」

「我們只是長得很像的天使族。」

兩人的拳頭打碎了水晶石的一部分……沒問題吧？

「非、非常抱歉。小的居然會把神人族和天使族搞混，實在是太不小心了。」

看樣子沒問題。

啊，會自己修復。還挺方便的呢。

言歸正傳，我拜託蒂雅和琪亞比特進行城主登錄。

然而，她們拒絕了。

蒂雅表示，不能撇下我這個丈夫自己當城主。

琪亞比特也拒絕。不是因為謙虛，而是以她在村裡作客的立場，沒辦法當城主。

不過兩人似乎都認為，擔任代理城主倒是無妨。

換言之，就是要我當城主。

反對者有我和太陽城。

「喂喂喂，我當不了什麼城主啦。」

「就算有神人……失禮了。就算有天使族的推薦，普通人類也當不了城主。」

就是說嘛——我和水晶石立場一致。

但是，蒂雅和琪亞比特可就不一樣了。

「哦？對我的丈夫不滿意啊？等你變成粉末還講得出一樣的話嗎？」

「就實驗一下它要碎到什麼程度才會改變意見吧。」

不得已，我出面調解。

「太陽城大人，要換成誰你才能接受？」

「嗯……這個嘛……」

太陽城確認起周圍的人員。

哈克蓮、露、蒂雅、格蘭瑪莉亞、庫德兒、可羅涅、琪亞比特、達尬、格魯夫、芽、拉絲蒂、烏爾莎與古拉兒。小黑的子孫十來隻，另外還有庫茲汀。

「怪了？咦？呃…………抱歉。阿庫，阿庫！可以來一下嗎？」

太陽城煩惱了一下之後，把庫茲汀叫過去。看起來感情不錯嘛。

「怎麼了？」

「之前盤踞在城內的魔物和魔獸，就是這些人趕走的嗎？」

「嗯。啊，不包括村長和那邊的小女孩就是了。」

「這、這樣啊……破壞本來貼在城底下那塊大岩石的人是誰？」

「是村長。很厲害對吧。」

「你說村長……從前後文聽起來是指火樂？」

「對。」

「……」

太陽城稍微想了一下後，得出結論。

「新城主就決定是阿庫，庫茲汀！好，登錄完畢。不能再改了！」

「咦？可以嗎？他是惡魔族吧？」

「在下認為拘泥種族乃是愚者的想法。先前如此無禮，實在是非常抱歉。啊，火樂大人，很抱歉忘了替您準備椅子。阿庫，椅子。」

當上城主的庫茲汀把椅子搬過來排好。這樣行嗎？

一個人感覺很辛苦，所以我去幫忙。
烏爾莎和古拉兒也來幫忙嗎？抱歉啦。
到頭來，變成大家一起搬桌椅。
也不能只讓小孩子搬嘛。

謁見廳擺了許多椅子。
「阿庫到我這邊。不是那裡……對，就這裡。我的前面。沒關係、沒關係，因為你是城主嘛。請待在我前面，拜託。」
當庫茲汀拿著椅子手足無措時，我也有和他類似的感覺。
「就算我是村長，也不該擺成這樣吧？」
只有我一個人坐前面，其他人則在後面列隊。
小黑的子孫們各自在隊列之間待機。
老實說，讓人有點不安。
於是，露、蒂雅與哈克蓮坐到我的兩側。
哈克蓮一往前，烏爾莎就跟著坐到她旁邊，接著古拉兒也……
到頭來，大家全部坐成一列，小黑的子孫們則待在每張椅子之間。
我在正中間這點不變。

唉，畢竟是代表嘛。

「既然城主已經決定了，希望能准許飼養方才那個女孩保護的魔物幼崽。」

我向庫茲汀提議。

「咦？那……ＯＫ。」

好，解決。

格魯夫留下來參加談判也幫不上什麼忙，所以請他去通知。

「那麼，接下來就是討論太陽城今後該怎麼辦了吧？聽說太陽城大人是基於契約還是什麼的，所以才會往村子移動？」

「火樂大人，不需要加尊稱，請直接叫我太陽城。不然叫我石頭也可以。」

「怎麼突然變得低聲下氣了？」

「不不不，處於服侍主子的立場，我的無禮就等於主子的無禮。不能替主人添麻煩。」

「這、這樣嗎？那麼，太陽城，你來村子的理由是什麼？」

「古老的契約。」

「可以問一下內容嗎？」

「當然可以。」

太陽城說著就開始解釋契約內容，不過大概是用語太古老吧，我實在聽不懂。

露替我簡單統整了一下。

「契約好像是一旦龍的巫女聚集了十隻以上的神代龍族，就要前往該地加入人類那一方。」

一號村居民裡好像有龍的巫女對吧？

神代龍族？

似乎是指德斯和基拉爾他們那一族。

十隻以上……之前的武鬥會嗎？火一郎出生，所以大家都跑來了嘛。

不過，為什麼是加入人類那一方？太陽城剛剛明明說不能讓人類當城主啊？

「那麼多神代龍族齊聚一堂時，必然有個成為中心的人類。」

話是這麼說沒錯……

咦？那是指我？

「那是距今一千兩百年前訂下的最高階契約。原本以為絕對不會生效，但是契約條件符合了，所以開始移動。很遺憾，因為城的底部很重，所以速度拉不起來，花了很多時間才前來拜見大人。」

原來如此。

「由於接觸到了神代龍族，所以契約暫停。唉，畢竟時代不一樣嘛。事到如今還加入人類一方和魔族交戰也……」

聽到太陽城的說明，庫茲汀往後看。

「喂喂喂，你明明說接下來要去的地方有人類要消滅我們，拿這點威脅大家挺身戰鬥了吧？你難道忘了嗎？」

「那是過去的我太愚蠢，請忘了這件事。」

「就是因為當真我才宣戰的喔，事到如今你怎麼講這種話？」

「實在是非常抱歉。之後要我怎麼道歉都可以，現在請你先以城主的身分招待訪客。」

「說招待訪客，不過主要還是在講你的事耶。何況我幾乎什麼都不知道……」

「沒關係啦，只要你待在這裡，就能讓我的心靈平靜。拜託好好當我的盾……失禮了。拜託好好招待客人啦。」

「你剛剛講盾牌。你講盾牌了對吧！」

「城主，停。在客人面前大鬧有失禮數。」

「咕嘰嘰嘰！」

…………

呃…………可以繼續往下談了嗎？

6 太陽城觀光

太陽城……和地名一樣實在容易搞混。

把說話那個當成太陽城的水晶石吧。

太陽城大致上分成九個區塊。

首先，中央是城。

這裡有中庭，也就是我們降落的地點。

城……就是普通的城吧。

由於是多層結構又只有稍微走一下，不太清楚內部如何。

大概有五層樓吧？

有挑高的部分，也有不曉得能做什麼的無謂通道。

除了謁見廳之外，還有城主居住區、會議室、士兵休息室、客房、廚房與浴場等。

內部裝潢非常豪華，不過……

很遺憾，幾乎每個地方都成了農田，顯得非常不搭調。

這些田地大概就是用來種庫茲汀說的迷宮薯吧。

迷宮薯似乎在暗房……照不到陽光的地方也會生長。

味道……就算說客套話也算不上好吃，不過將它乾燥磨成粉後可以當麵粉的替代品，所以住在太陽城的惡魔族拿它當主食。

據說是因為困在太陽城的惡魔族和夢魔族都窩在這座城裡，儘管能確保水源卻無法確保糧食，才會變成這樣。

但是，這種收穫量要養活兩百六十人應該有困難吧。

夢魔族似乎能夠在夢中吃愛維生。

真是浪漫的種族啊。還是別想太多吧。

不過，好像就是因為夢魔族不需要一般食物，糧食供應才撐得住。

我們將帶來的食材加以料理，招待惡魔族。

可能是因為吃得太糟了吧，大家都太瘦囉。

餐點以豬肉為主，洋蔥和雞蛋多加點。改天我會拜託麥可先生，請他幫忙進些鰻魚，因此加油吧。

但是，夢魔族……

全都是女性呢。而且很年輕。

不過都只穿內衣……不對，是穿著風格像內衣。

舉止也讓人覺得很煽情。走直線啦，直線。不要扭來扭去。

不要讓烏爾莎和古拉兒看到。

惡魔族……則是男女混合，不過男性比例較高。

此外，還有些明顯年事已高。
但是，應該比布兒佳和史蒂芬諾年輕吧。
我重新認知到，這個世界上有很多壽命不同的種族。
嗯？啊，別在意，儘量吃。
橘子也吃掉吧。畢竟營養均衡很重要嘛。

城的正面，西南、南和東南這三個區塊屬於市街區。
建得比中央的城區來得矮一截。
這些地方遭到魔物與魔獸占領，幾乎成了廢墟。
流經各地的水路十分顯眼。

東邊的區塊同樣為市街，不過好像大多是工房相關設施。
這裡雖然也成了廢墟，堅固的建築卻還保有原型。
而且這些建築似乎變成魔物與魔獸的巢穴。
激戰……還是該說屠殺？這類痕跡處處可見。
小黑的子孫們一副「我很努力喔」的表情，所以我摸摸牠們的頭。
啊，嗯，摸了一隻以後就接二連三地來呢。

我每隻都有好好地摸一摸。

哈克蓮和拉絲蒂，之後會輪到妳們，拜託不要排隊。

西北、北與東北則是森林區。

地勢比市街區還要再矮一截。

這邊雖然也有水路建設，但是大半的樹都枯了。

我想，這裡大概也成了魔物和魔獸的巢穴了吧。

儘管還有些殘餘的樹木，但是斷枝令人看了就心痛。

不過，飛天城裡居然有這種地方，是用來幫助空氣循環的嗎？還是觀賞用的啊？

考慮到以前住在這裡的是天使族……觀賞用的可能性比較大吧。

明明植物都已枯萎，卻不會感到空氣差。

然後這個西北區塊裡，有個很大的洞。

原本好像是通往不知該說地下還是地底的區域，也就是不久前還連著的底座內部。

所以現在成了會直接摔向地表的洞。

很恐怖。我不敢靠近。

剩下的西側區塊，是個巨大水池。

蓄水區嗎？

比森林區更為低矮。

似乎設計成各區塊水路的終點。

水會在這裡淨化，透過某種不是幫浦的東西送往城內……是魔法嗎？

送往城內之後，似乎又會流往各地。

大概是因為這些水路相關設施都運作正常，惡魔族與夢魔族才能確保水源吧。

運氣真好呢。

根據哈克蓮他們的說法，好像是因為沒有水系魔物才平安無事。

可能水系魔物不會棲息在飛天城裡吧。

回到西北區塊的大洞。

大多數的魔物似乎是從這裡入侵的。

正確說來，原先底下那個底座就是惡魔族發動攻擊的結果。

將魔物的蛋連同土壤一起貼在太陽城底部，在阻礙對方行動的同時，藉由孵化的魔物發動攻擊……

原先的計畫是這樣。

實際上，由於不知道魔物孵化需要多久，所以計畫付諸實行，最後卻還是取消了。

結果只讓城的底部沾上一大堆土……形成底座。

雖說太陽城的動作姑且還是有變慢，不過以程度來說只算得上騷擾而已。

於是惡魔族換了個方法，改為入侵太陽城。

「當初是怎麼入侵太陽城的啊？」

我詢問同行的庫茲汀。

「根據長輩流傳下來的說法，好像是混進送往太陽城的貨物裡。」

原來如此。

正好，當時住在城裡的天使族們外出作戰導致人數減少，所以入侵的儘管只有十來人，卻還是幸運地占領了。

但是，留守的天使族讓他們無法掌控太陽城。

正當惡魔族們為難時，孵化的魔物從下方底座現身，逼得他們困守城內……

「我聽爺爺說不幸中的大幸，是當年運來的貨物裡，有很多用來整人的迷宮薯。」

魔物我懂，魔獸呢？

據說是天使族飼養的野生化了。

原來如此。

…………

夢魔族呢？當時夢魔族也一起入侵嗎？

我聽說天使族這個物種只有女性。以女性夢魔族對付她們感覺有些蠢耶？難道說攻城時有很多夢魔族男性在場？

「據說夢魔族本來是神人族……天使族的隨從。」

聽到庫茲汀的說明，讓我有些吃驚。

夢魔族原先好像是侍奉神人族的隨從。

她們的戰鬥能力不怎麼出色，所以在惡魔族占領太陽城時選擇投降。

之後又面臨魔物的威脅，於是便與惡魔族一起生活。

在太陽城裡轉了一圈，沒有什麼特別令我在意的地方。

講得難聽一點，城以外都是廢墟。

是個冷清的地方。

我起先還在想，真虧他們有辦法維持這座城的運作，不過據庫茲汀所言，這一切好像都是仰靠太陽城的水晶石。

「你們明明不是城主，真虧他願意幫你們。」

「這個嘛，當然是靠挑釁、讚美與安撫。」

原來如此。

唉，畢竟魔物入侵城裡大鬧，太陽城的水晶石也會很困擾嘛。

好啦。

雖然我剛剛說，在太陽城裡走完一圈後，沒什麼特別令人在意的地方……

不過有一處──

其實城內有個奇怪的地方。

「呃，請問您要去哪裡？」

同行的庫茲汀問我。

我要去的地方，是那些不知道有什麼用的無謂通道之一。

這些無謂通道大概是要迷惑那些踩進來的敵人吧，基本上都是死路。

我原本是這麼想的……

不過其中一條通道裡頭有擺設。

…………

該不會吧。

我伸手觸摸花瓶……似乎可以往前倒。

稍微猶豫了一下後，我拉動花瓶。

異聲傳來，牆壁開了個洞，顯現出新通道。

「咦？居、居然有這種機關！」

小黑子孫們從驚訝的庫茲汀身旁穿過，衝入通道。
希望裡面沒有魔物。

7 暗門之後

沿著隱藏通道前進。
目前，在我身邊的有庫茲汀、露、哈克蓮、烏爾莎和古拉兒。
另外還有幾隻小黑子孫，擔任我們的護衛在周圍戒備。
至於其他成員，包含芽在內的山精靈們，去向惡魔族和夢魔族詢問技術層面的事。
蒂雅、格蘭瑪莉亞、庫德兒、可羅涅與琪亞比特，正在探索太陽城內部。
因為可能有些天使族才曉得的機關，所以我請她們去調查。
不過，目前最可疑的就是眼前這條通道。
雖然對拉絲蒂很抱歉，但我還是請她回村子再運些糧食過來。
看見這裡的飲食之後，很難坐視不管。
剩下的成員，則負責確認庫茲汀交出的物品和魔道具性能如何。

由於和武裝有關的很多，所以交給蜥蜴人達尬和獸人族的格魯夫處理。他們在中庭揮舞，應該不會爆炸吧？

沿著隱藏通道走到底，抵達一個像是大書房的地方。

架上擺了很多書……但是地上也散落不少。

簡直就像碰上地震。

架上的書很乾淨，地面散亂的書本則蒙上一層厚厚的灰。

架上施了什麼魔法嗎？

書本內容……各式各樣。

《神人族的榮耀》、《為了勝利。戰術論三章》、《城主須知》、《讓人喜愛的上司》、《美術圖鑑》、《畫材製法》、《球技大全》、《森林的動物》、《受異性歡迎的時尚裝扮》、《戀愛論》與《龍族的祕密》。

……龍族的祕密有點想看耶。

無論如何，擺得亂七八糟。

以前的城主不會整理嗎？

散落在地的書都破破爛爛……風化了。

什麼時候變成這樣的啊？應該不止一、兩百年吧？

…………

由於積了不少灰塵，所以小黑的子孫們留下了腳印。

小心翼翼地留意暗處後……發現書房的牆壁可以開啟，連往另一條通道。

通道旁邊有擺設，東西倒著，代表是小黑的子孫們操縱的囉？真是聰明。我們緊跟在後。烏爾莎、古拉兒，別拿灰塵玩，會嗆到喔。

我們跟在小黑的子孫們後頭，沿著通道前進，隨後碰上一道門。

這道門沒有機關，可以輕易打開……打開之後我就明白了。

雖然有挪動擺設的機關，不過是在門的另一邊。這裡應該是設計成門的內側可以不理會機關就直接開啟吧。

然後，這裡是牢房。

左右各有一排小監牢，散發出詭異的氣氛。

大概是因為沒人打理，牢裡和通道裡都積滿了灰。

幸好牢裡沒什麼奇怪的東西。

……啊，有個不一樣的地方。

靠近出入口的牢房，打掃得很乾淨。

而且留下了不久前才使用過的痕跡。

看樣子不是把什麼人關進來，而是……

我邊想邊走，來到眼熟的地方。

中庭。

達尬與格魯夫，以及先鑽出去的小黑子孫們跑了過來。

「這種地方有牢房？」

普通的牆。

我原本懷疑這邊是不是也有擺設，卻發現東西連著臺座一起毀了。大概是因為這樣吧，隱藏牢房的門一推就開。

我叫來抵達太陽城時護著魔物小孩的少女。

一如所料，她把魔物養在牢房裡。

順帶一提，魔物是蜥蜴型。

類似變色龍那種感覺吧？

馴服之後，似乎就不會襲擊人……嗯，應該沒問題吧。

變色龍一副要防止我危害少女的模樣，提防著我。

老實說，令人很敬佩。

所以啊，別因為小黑的子孫們靠近就感到絕望。

那麼，隱藏通道的事就告一段落了。

從城裡經過書房、牢房，然後到外頭。

那間書房應該是隱藏的房間吧。

需要時可以經由牢房逃到外面，或者有人謀反時從牢房逃進書房。

城主以備不時之需建的嗎？

…………

嗯，很可疑。

逃進書房又能怎麼樣？

我們再次回到書房。達尬與格魯夫也一併同行。

書房有兩個出口。

一個通往我們進來的城內，另一個通往牢房。

但是，已經沒有其他擺設機關了。

這麼一來……

我讓所有人都進書房，然後把通往牢房的機關恢復原狀。

機關不可能和隱藏書房用的一樣。因為如果相同，只要一個地方穿幫就會全部穿幫。

這麼一來，往牢房的通道就是障眼法。

調查擺設後……嗯，可以轉動。

感覺整間書房晃了一下，接著往下沉。

就像在電梯裡一樣。

下沉很快就結束，接著新通道出現。

這應該才是真的吧。

我原本以為小黑的子孫們會再次衝過去……卻沒有動作。咦？

……

似乎是沒認知到有那條通道。

這是怎麼回事？

我指向通道，問在場的人。

「那邊有條通道對吧？」

點頭回應我的只有烏爾莎。

……

共通點是人類？

會依照種族不同而造成認知障礙嗎？

無論如何，就算看不見，通道依舊存在。

我走進通道，烏爾莎也進來了。
其他人進不來。
彷彿有道牆一樣。
不，在其他人眼裡似乎只是一面牆。
哈克蓮用力往牆上揮了一拳，卻被彈開了。
「別亂來。」
我從通道走回書房。
嗯，回得來。
為了安全起見，別進去應該比較好……
不過可以想見，太陽城的動力室就在那裡。
應該是讓太陽城浮在空中的機關吧。
正因為如此，我想應該不會有什麼誇張的陷阱……卻也是最需要小心的地點。
還是不要兩個人進去吧。
我牽著烏爾莎的手，避免她先跑。她乖乖地讓我牽。
我還以為她會一馬當先地衝出去。
嗯？古拉兒也要牽手嗎？那麼，就牽另一邊吧。
露、哈克蓮，別因為慢了一步就鬧彆扭。

好啦，思考。

…………

嗯，想不通。

回去吧。

「請稍等。」

正當我拜託達尬操作機關時，房間響起說話聲。

不是我們的聲音。

一個陌生女性的聲音。

「結界已經解除。這樣其他人也能通過了。」

於是，除了我和烏爾莎以外的人似乎也看得見通道了。

小黑的子孫們同達尬與格魯夫先一步踏進去。

由於似乎沒問題，就這樣讓小黑的子孫們先走。

我們在達尬和格魯夫的引導下，沿著通道前進。

如我所料，通道前方就是太陽城的動力室。

巨大水晶石上頭裝著讓人搞不太懂在做什麼的機械。

不過，以氣氛來說不像動力室，而像是神殿。

彷彿要強調這一點似的，面前有一位神官裝扮的女性。

先到的小黑子孫們圍著她。

「雖然比預言書還要早了約十年……不過敝人已恭候多時。」

束起的白色長髮令人印象深刻。

她對我一鞠躬，接著說道：

「敝人是太陽城城主首席輔佐，貝爾．佛格馬。」

城主首席輔佐？

「請想成管理太陽城航行路線的負責人。那麼，事不宜遲，我想完成預言，把該給你的東西給你、把該告訴你的事告訴你。」

貝爾不知從哪裡掏出看似錫杖的物體，輕輕揮了一下發出聲響。

一把劍身火紅的劍出現在我面前。

「這是太陽之劍。」

要我拿著的意思嗎？

但是，我的雙手分別牽著烏爾莎和古拉兒，沒辦法拿。

貝爾毫不在意，繼續說下去。

「魔王加爾加魯德的弱點在背上那枚鱗片。只要將這把劍刺進去，應該就能打倒魔王。加油吧，勇者大人。」

…………

「抱歉，妳是不是認錯人了？我可不是勇者喔。」

「我知道。」

「咦？」

「預言書上寫了勇者會來。所以，來到這裡的你就是勇者。就算本來不是勇者也會變成勇者。這樣不就好了嗎？」

「呃，妳說是這麼說……但我認識魔王，而且不想打倒他耶？」

「這部分就隨你高興。我的任務是把太陽之劍交給來到這裡的人，並且告訴他魔王的弱點。」

「呃……」

「對我來說，被硬塞了太陽城航行以外的多餘工作實在很困擾。只要你收下那把劍，我的任務就結束了，還請務必幫忙。」

「不打倒魔王也沒問題嗎？」

「沒問題。」

「沒有奇怪的詛咒吧？」

「沒有。」

「這把劍可以任憑我處置嗎？」

「無妨。」

「丟掉也行？」

「是的。」

「這樣啊。」

我放開烏爾莎和古拉兒，拿起太陽之劍。好重。

「謝謝你。這麼一來我的任務就完成了。」

貝爾露出神清氣爽的笑容。

雖然散發神祕的氣息，不過從方才的對話聽來，她似乎覺得這件事很麻煩。

「辛苦妳了。」

說完，我把收下的太陽之劍放到地板上，拿起「萬能農具」化成的鋤頭。

然後往太陽之劍耕下去。

嗯，變成土了。

我不需要什麼用來殺熟人的劍。

我原本還擔心貝爾生氣……她卻揚起嘴角，對我豎起大拇指。

看來她應該非常討厭這個任務。

8 太陽城的燃料問題

太陽城城主首席輔佐，貝爾．佛格馬抱頭叫苦。

自從被交付任務之後，她就一直窩在太陽城深處。

因此，她什麼都不知道。

太陽城遭到惡魔族占領，現在由庫茲汀當上城主。

魔物與魔獸肆虐，太陽城設施大半毀損。

還有太陽城燃料即將耗盡，幾乎喪失所有機能。

「找了新的支配者或城主是無妨，但是完全不商量這點讓我很想發飆。」

「要找被完全隔離的貝爾妳商量根本辦不到吧？」

貝爾抱怨的對象，是太陽城的水晶石。

正確說來，這塊水晶石有自己的名字，叫葛沃．佛格馬。貝爾告訴我的。看樣子他們是姊弟？

呃，更重要的是，葛沃為什麼表現得自己等於太陽城一樣？因為城主不在時權限最高的是葛沃，所以沒問題？嗯……

貝爾和葛沃，似乎是稱為墨丘利種的人工生命體，做來輔佐太陽城的城主。現存的墨丘利種一共十六名，但是運作中的只有貝爾和葛沃。剩下的則因為太陽城燃料不足而停止運作，進入休眠狀態。

葛沃之所以化為水晶石，好像就是為了省燃料。

「為什麼燃料會缺得這麼嚴重？以原本預定的儲備量來看，應該能飛個五千年才對吧？」

貝爾質問葛沃。

「啊……呃……想聽嗎？」

「洗耳恭聽。」

「這座城啊，原本是人類國王不惜工本建造的，類似別墅對吧？」

「是啊，我們就是當年為了管理此地而誕生的。」

「後來，國王迷上預言，給了貝爾妳任務，並且把妳隔離對吧？」

「一想起來就讓我不爽。」

「在那之後過了大約二十年，國王去世，爆發繼承人之爭。這座城的所有權落到某個愛享樂的貴族手裡。」

「真是世事無常啊。」

「那個愛享樂的貴族呢，因為缺錢就賣了太陽城的儲備燃料……」

「啥？」

「即使如此還是不夠，最後這座城就讓神人族……啊，是天使族。貝爾妳也要說天使族才行，不然人家會生氣喔。」

「知道了啦，繼續說下去。」

「這座城就讓天使族買走了。」

「…………」

「天使族將城改造為戰鬥用。雖然她們有補給燃料，但是運用武裝的時候也會消耗燃料……當魔族發動反擊將魔物送進來的時候，正好攻擊到最後的儲備燃料庫，把那裡炸掉了。結果，只好靠著城內剩下的燃料勉強撐到現在。」

「原來如此。總而言之，雖然不知道是幾百年前的事，不過你們應該有宰了那個貴族吧？」

「別說那種恐怖的話。沒有啦。」

「那麼，有沒有私下把那個貴族整得落魄潦倒？」

「也沒有。那個愛享樂的貴族，在把城賣掉之後，似乎又爽快了大約五十年，在眾多孫兒的圍繞下去世。」

「知道了。那就由我下詛咒吧。把那個貴族的名字和子孫詳細資料給我。」

「跟人家的後代無關，別這樣啦。」

水晶石安撫暴怒的貝爾。

我們一邊看著這一幕，一邊享用拿拉絲蒂運來的那些食材做的料理。
我在想有沒有辦法讓太陽城種的迷宮薯變好吃的方法，因此試著將它丟進咖哩……
咖哩真是萬能啊，漂亮地把難吃的味道蓋掉了。
由於口感會完整保留，或許增加一些也不錯。
可是，也不會特別去種迷宮薯啊。該怎麼辦呢。
…………
只靠這些就能讓惡魔族活到今天，營養價值應該很高。
是薯類對吧。可以釀酒嗎？不過就算拿來釀酒，味道依然是個問題……
如果釀成的酒味道不錯，迷宮薯就有價值了呢。
不過，前提是庫茲汀他們要繼續在這裡生產迷宮薯啦。

「庫茲汀，你們之後要怎麼辦？」
我詢問正在享用咖哩的庫茲汀。
「啊，是。我已經和大家商量過了。如果可以，希望能夠就這樣繼續在這裡生活下去。」
由於故鄉或許還有認識的人活著，所以好像已經有幾個人去看過狀況，不過還是回來了。
「畢竟已經生活了五百年嘛。啊，我才三十年左右就是了。」
「夢魔族也一樣嗎？」

「是的。因為已經建立起共生關係了。」

原來如此。

如果不是強迫，而是出於自身意願留下，那就沒問題。

這樣一來……

貝爾走了過來，說出我的不安。

「我們已經算過剩餘的燃料，太陽城大概再三年左右就會無法航行。」

聽到貝爾這句話，庫茲汀慌了。

會慌張也是難免。畢竟安居之地飛不起來了嘛。

「既然飛不了也就沒辦法啦，在地面弄個地方讓城降落如何？」

「咦？您說地面……」

庫茲汀看著小黑的子孫們。

「要是下到地面，又要慘遭魔物和魔獸蹂躪了。」

太陽城的防禦，似乎是靠飛行。

這樣啊……

啊！

「缺燃料的話，從外面進貨怎麼樣？」

我都忘了。燃料不夠，只要補充就好。

庫茲汀贊成我的提議；但是貝爾搖頭。

「太陽城的燃料是拿稀有礦物精製而成，沒那麼簡單就能弄到。」

「是這樣嗎？」

「是的。那是一種叫做太陽石，會持續發熱的稀有礦物。需要的量非常大。」

稀有品就沒轍了。

不，問魔王、始祖大人或德斯他們應該有辦法吧？

「欸，可以聽我說句話嗎？」

我正在思考時，露戳了戳我。

「怎麼啦？」

「所謂的太陽石，就是指保溫石。」

「……咦？」

「以前很稀有，不過找到大礦脈之後價格崩盤……」

我看著貝爾。貝爾滿臉通紅。

唉，畢竟被隔離，這也是難免嘛。

嗯，學到了不少呢。

保溫石可以在溫泉地挖，去拜託麥可先生也能確保到不少的量。

我拿出包在布裡、代替懷爐的太陽石讓貝爾看，確認沒有弄錯。

「總而言之，需要多少啊？」

「只要先有個十公斤就……」

如果是這樣，到溫泉地挖比較快。

「可以控制太陽城的航行路線對吧？」

「是的。」

「那麼，往北邊……有地圖嗎？」

在我的要求下，貝爾揮了揮手，在地板上映出地面的模樣。

哦哦，有近未來的感覺！不，是魔法嗎！

雖然已經變成田的部分還是田……不過好厲害！嗯，很厲害！所以貝爾，不要沮喪啦。

於是太陽城朝溫泉地前進。

雖然也有考慮過請哈克蓮她們運送，但是飛行距離還是短一點好。

同時，庫茲汀也主動表示要臣服於「大樹村」。

「雖然今後的事還在討論中，不過只靠我們很難讓這裡復原。太陽城大人……葛沃大人也說這樣比較好。」

「與其當無根草，不如投靠別人比較安全。」

貝爾也贊成。
老實說，保溫石的費用他們也無力支付，所以才提出請求。
相對地，他們表示願意交出城裡留下的技術和所有物品。
雖然很想立刻下決定，不過要和村民們商量，所以我選擇暫且保留。
「拜託各位了。」
貝爾和庫茲汀一起鞠躬。
葛沃是水晶石所以無法鞠躬，不過心意已經傳達到了。
我會努力給他們一個好答覆。

閒話　太陽城的內情　庫茲汀

我叫庫茲汀。
是名惡魔族男性。曾祖父是占領太陽城的英雄庫茲本。
但是拿這點炫耀也沒人理，讓我感到很空虛。
我的職位是部隊長，負責統領六十名惡魔族與兩百名夢魔族。
不過，這只是個由庫茲本大人傳給爺爺、爺爺再傳給爸爸，代代相傳的職位。

目前，我們困在太陽城裡，完全沒有外界的情報。
若問會不會不安，我也很難回答。我從小就習慣這個環境，或者該說我認為這就叫普通。
只有上了年紀的人會感到不安。
不過，這些人會主動拜託夢魔族，讓自己能夠長時間睡眠。
如果在夢中，就不需要感受這種不安了。
夢魔族提出警告，表示長時間沉浸在夢裡會對現實生活造成不良的影響，卻無法改變他們的心意。
這是當事者的問題。儘管對各位夢魔族很抱歉，但也只能請大家幫忙了。

我的生活一成不變。
早上，巡邏。
不能鬆懈外牆檢查。我可不想因為小看魔物和魔獸而吃大虧。

中午，務農。
迷宮薯有在暗處也能生長的優點。
收穫量也不差。
問題在於味道。不過打從出生它就是我們的主食，所以我也沒什麼不滿。

晚上，和自稱太陽城的水晶石開會。
為了和居住地太陽城有所區別，我稱他為太陽城大人。
爺爺和爸爸告訴我，他不是壞人。
同意將城內大多數地方改為田地的也是他。他相當於我們的領袖。
不過，如果該誇獎他時沒有好好誇獎就會鬧彆扭，算是他的缺點。

每天都在做些例行公事。
我原本這麼想，但是有一天變得不一樣了。
太陽城的航行路線大幅改變。
老實說，我根本不曉得它要往哪邊飛，我們對這件事也無能為力，所以就算跟我講這些也沒用。
爸爸說不知道該怎麼回答時就誇獎他，所以我照做了。
「想必是往好的方向前進吧。」
這句話同時誇獎了航行的方向和今後的方向，我講得還真是漂亮。
可是，太陽城大人的回答出乎意料。
「阿庫，很遺憾，這次路線改變是遵從古老契約的結果，與我的意向無關。」
「呃……？」
「這個古老的契約，是為了讓太陽城加入人類陣營。換句話說，接下來要去的地方，很可能為阿庫你們帶來一場悲劇。」

「咦？真、真的嗎？」

「我騙你也沒用。預定會在八十七天後抵達。在那之前作好心理準備吧。可以的話，最好也做些戰鬥訓練。」

「怎麼這樣……」

這種事，光靠我一個人無法承受。

於是全體惡魔族與夢魔族一起聽太陽城大人的說明。

還花了好幾天開會。

當然，情況沒有改善。不，反倒惡化了。

太陽城大人愈說愈誇張，還說一旦抵達目的地我們就會全滅。

講到這個地步，也只能下定決心了。

用所剩不多的時間進行戰鬥訓練。

戰鬥訓練要怎麼做才好呀？武器……不知道該怎麼用。

我想把爺爺說很危險所以不能碰的那些魔道具拿出來，不過被太陽城大人制止了。

總而言之，先嘗試做得到的，於是大家一起在城內慢跑。

流汗之後，吃東西特別美味。

…………

時間的流逝很殘酷。

轉眼之間，抵達日就要到了。

太陽城大人特別讓我們看目的地的樣子。

似乎是某個在森林裡的村子。

人數大約比太陽城裡的惡魔族和夢魔族加起來還多一倍。

絕望。

但是，太陽城大人鼓勵我們。

沒錯，盡力而為吧。

在太陽城大人的提議之下，我們決定向對方宣戰。

他表示如果順利，或許可以靠這招避免戰爭。

可是，我從來沒向別人宣戰過耶？

找書當參考？

小時候讀過的可以嗎？

如果是這樣，我倒是很擅長。

我在太陽城大人面前排練。

修正一些用詞之後，正式上場。

我們受到了足以讓整座城搖晃的攻擊。
太陽城大人判斷該立刻投降。
以全面投降來保住性命。
我也有同感。戰意已經一掃而空。

之後的幾天，我們的生活有了非常大的轉變。
龍從被太陽城當成目標的村子來訪。
她們載過來那些叫做地獄狼的有角黑狼，簡直就像死神一樣的存在。
一看見那些狼，就讓人覺得：「啊，完蛋了。」
大多數的人當場昏過去。當然，我也是。
醒過來之後，發現原本占據太陽城的魔物與魔獸都被趕跑，我們惡魔族和夢魔族得到了解放。

老實說，我不太明白什麼叫解放的喜悅。
因為我打從出生就是這樣。
不過，恐怖的魔物和魔獸不見了，令人很開心。
雖然有更恐怖的龍和地獄狼……
不過他們至少還能溝通。

只要不惹他們生氣就沒事。

咦？賠罪？啊，因為一開始的宣戰？

是，我願意賠罪。

不過，那個……如果各位能教教我該遵守些什麼規矩，那就再好不過了。

村子的代表——村長，是個寬宏大量的人。

現在。

回過神時，我已經當上了太陽城的城主。

……………

為什麼會這樣？

閒話　太陽城的內情　葛沃

我是葛沃．佛格馬。

太陽城的城主輔佐之一。

首席輔佐因為特別任務暫時無法上工，所以我是最高負責人。
應該說只有我還醒著。
太陽城的燃料缺乏問題很嚴重。
而且，現在的情況比燃料問題還要嚴重。
古老的契約發動了！
城會自動航向龍族與人類的所在地。
控制不了太陽城。以我的權限無法讓它停下來。做不到。
如果是首席輔佐大概還有辦法……但是聯絡不上。走投無路了。
糟糕。
就算保得住太陽城，在這裡生活的阿庫他們也會被殺掉。
畢竟人類不會放過惡魔族嘛。
儘管時代多少有些不一樣，但我不覺得這點會有什麼變化。
飛過各地時所蒐集到的情報，也顯示到處都在戰爭。
之所以規模比以前小，不過是因為文明退步罷了。
……
太陽城有五道會自行發動的魔法護盾。
這些護盾獨立於燃料系統之外，照理說能夠正常運作才對。

就算有人爬上來，占據太陽城的魔物與魔獸大概也能幫忙擋吧。

按照古老契約運作的自動航行，只要抵達目的地就會解除。如果逃得夠快……

預估戰鬥時間最長二十天。

儘管燃料方面很嚴苛，但只要全速移動，應該能勉強逃掉。

這麼一來，問題就剩下我方的態度……

該等對方有所動作嗎？

不，龍很可能知道太陽城的古老契約。會以為是自己人的城而飛上來嗎？如果是這樣，阿庫他們就危險了。

以宣戰牽制人類和龍，然後靠交涉爭取時間。

如果讓對方知道神人族武裝過太陽城，應該會有效才對。

雖然說，實際上大多數武裝都遭到魔物和魔獸破壞，已經沒辦法使用了。

無論如何，要保住阿庫他們只能這麼做了。

宣戰的結果，五道魔法護盾輕而易舉地遭到貫穿。

同時，魔法護盾產生裝置出現異常狀況。

雖然裝置已經很舊，不過功能還在，應該沒那麼容易就出問題才對。

之所以發生異常狀況，是護盾遭到突破那一刻努力想張開新護盾的結果。

感謝你的盡忠職守。

…………

同時我也為誤判對方的力量感到後悔。

雖然不覺得那種攻擊能夠連發，然而對方第一擊就毀掉我方最重要的防護。

儘管城裡的魔物與魔獸或許會努力……

但畢竟已經失去了防止對方直接入侵城內的手段。

「阿庫，不行了。投降，全面投降。全部推給我就好，快向對方賠罪。」

之後就靠直接交涉撐過去吧。

阿庫……

他或許是侵略者的子孫，然而既然他是在這座城出生的，也就等於我的孩子。

如果情況非常糟糕，那麼只要能保住阿庫他們的命就好，城怎麼樣都無所謂。

還好沒讓他當城主。

因為當上城主就得扛責任了。

我和村子的代表們交涉。

普通的人類？

其他成員……怪了？吸血鬼？神人族？龍？

咦？這是怎麼回事？

…………

啊，如果不讓阿庫他們有些價值，事情說不定就糟了。

「城主是阿庫。好，就這麼決定！」

間話　太陽城的內情　貝爾

我叫貝爾．佛格馬。

人家挑釁一下就上當而被長時間綁在任務上的笨女人。

該死的國王。他是人類，應該早就死了，所以大概進墳墓了吧。

要是找到那座墓，我就把它踢飛。

不，光是這樣還不夠。得把墓砸個粉碎才行。

…………

啊啊，不行。

負面情緒浮現。這樣下去不行。要保持平靜等待那一天到來。

沒錯，根據預言書，那一天應該快來了。

解放時刻就在十年又七個月之後等著我。

好漫長。真是漫長。

……嗯？有人入侵書房？

不期不待。

看吧，果然沒錯。

入侵者沒注意到機關，就這麼離開了。

我想也是。

我已經期待又遭到背叛好多次。

習慣了。

但是心靜不下來。

真的會有人注意到那個機關嗎？

預言書的命中率確實很高。

準到就算說是作者看過未來之後才寫的也不奇怪。

然而，也不是百發百中。

真的十年又七個月之後就會來嗎？

…………

如果沒人來，我就砸爛這把太陽之劍。

就算碰不了，我一樣要砸爛它。無論如何都要。要毀個徹底。毀掉這個綁住我的可恨玩意兒。

…………奇怪？

剛剛那些人回頭了……

該不會……

機關……騙人的吧。

來了！來了來了來了！

太好啦！歡迎！來，只差一點了！

沒錯，從那邊直直走……不！

為什麼要掉頭！

不，我能明白，為了保險起見這樣是理所當然的。

既然如此……

結界解除！

雖然一解除就無法重新張設，但是不能放過這個機會。

然後我要偽裝一下。

盡可能以親切的面貌迎接人家。

因為必須讓人家收下太陽之劍才行嘛。

來到我面前的是個普通人。

但是，對我來說他是恩人。

畢竟，他不但收下了束縛我的太陽之劍，還替我毀了那把劍。

神清氣爽。心中的黑暗一掃而空。呵呵呵。

預言書的預言落空也讓我感到開心。

十年左右算是誤差嗎？呵呵呵。

乾脆全部落空算了。

好啦，差不多該從這裡出去了。

因為美麗的太陽城還在等我。

Farming life in another world.

Chapter,2

Presented by Kinosuke Naito
Illustration by Yasumo

〔第二章〕

研究

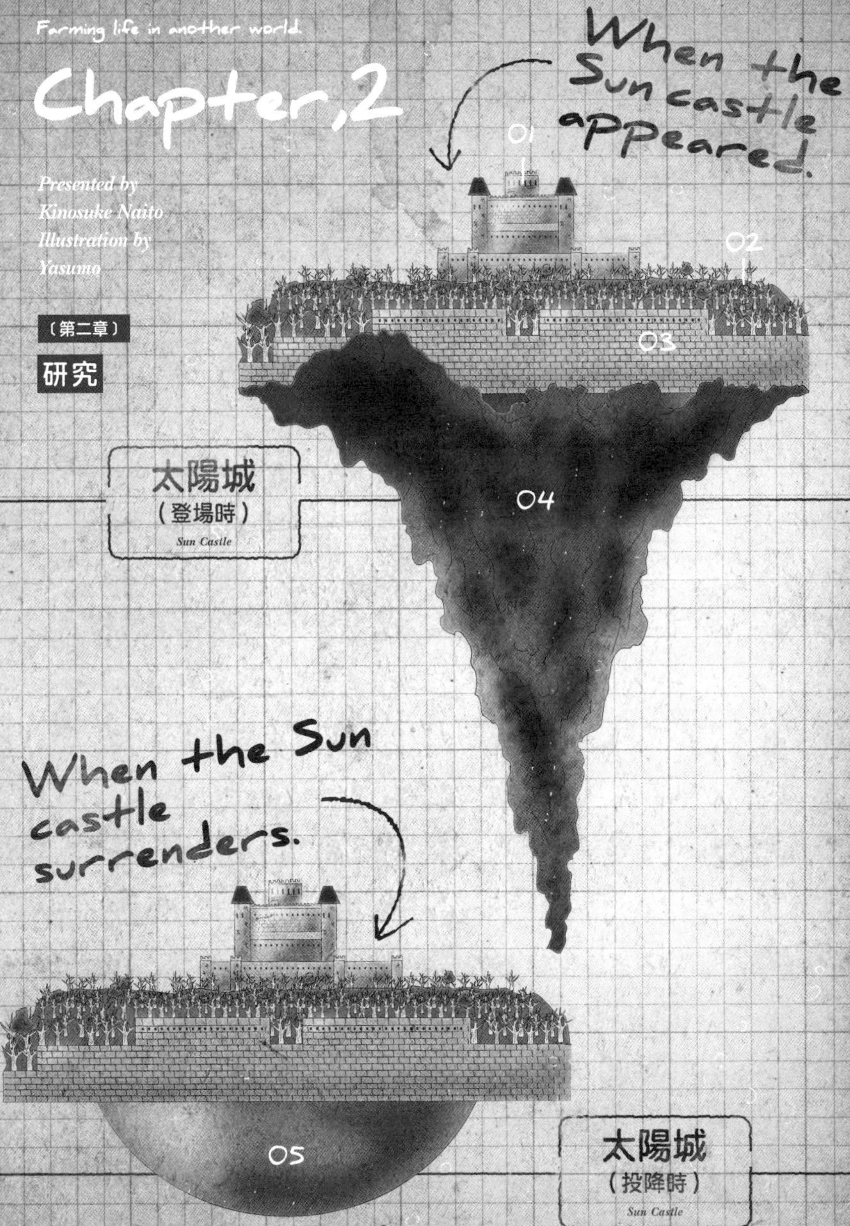

01.城　02.枯木群　03.側壁　04.土　05.底部（半球状）

1 太陽村

從太陽城回來的我們，召集種族代表舉行會議。

議題是接納太陽城的相關事宜。

本來庫茲汀他們認為，只要太陽城平安無事，剩下的問題都能一邊和「大樹村」做生意，一邊慢慢處理。

不過，在貝爾與葛沃加入討論並重新確認太陽城的現況之後，得到了「只靠太陽城難以自立」這個結論。

難以自立最主要的理由，就是沒錢。現金就不用說了，也沒什麼能賺錢的商品。

雖然有生產迷宮薯，但那不是什麼好吃的食物，所以價值不高。

這麼一來，他們只能出售太陽城的物品和技術……但是數量有限，而且有一部分已經拿出來交換糧食了。

如果把技術賣光，他們的立場也會變得很危險。

當然，窩在太陽城裡只靠迷宮薯度日應該做得到。

不過，前提是太陽城能夠無止盡地飛下去。
太陽城的燃料即將耗盡，如果無法補充，就得降落到地面。
將飛行當成基本狀態所設計的太陽城，在地面上完全沒有防禦能力。
此外，如果燃料耗盡，似乎也會影響到貝爾和葛沃的運作。
我不覺得庫茲汀他們不仰仗葛沃的智慧有辦法撐下去。畢竟某方面來說，他們等於長年以來都窩在家裡沒出門。

總而言之，雖然還有各式各樣的理由，不過庫茲汀取得住在太陽城的惡魔族、夢魔族，以及貝爾與葛沃的同意之後，主動向「大樹村」稱臣。
惡魔族與夢魔族的人們，希望一直以來關照他們的葛沃，可以避免因為太陽城燃料耗盡而停擺。葛沃想要保護惡魔族與夢魔族。貝爾則想讓太陽城繼續飛行。
三者各有各的理由。

「臣服於村子，就是要當部下的意思嗎？」
芙勞舉手確認。
「雖然經過許多修飾……不過簡單來說，就是他們會交出整座太陽城，請我們照料他們的生活。這個嘛，想成整個村子搬過來就好。」

「那麼，待遇和其他移居者一樣就沒問題了吧？」

矮人多諾邦邊說邊把玩迷宮薯。看來他打算試著拿去釀酒。

「話是這麼說……不過問題在於太陽城。」

沒錯。

我沒有立刻作決定的理由，就是太陽城。

「那座城的所有權，現在歸誰？」

按照葛沃的說法，既然有當初賣給天使族的紀錄留下，那麼所有權不是應該歸天使族嗎？當年庫茲汀他們的曾祖父一行人，似乎在戰爭中占領了這座城，這麼一來會不會變成由當年他們曾祖父所屬的軍隊擁有？

如果我接收這座城，會不會引發糾紛？

如果可以由我一個人負責倒是無妨，但我不想把村民們拖下水。

我把自己的疑惑老實地說出來。

…………

全場鴉雀無聲。奇怪？

我還以為大家會熱烈地交換意見……結果除了我以外的人都面面相覷，然後無言地點頭。

接著所有人的目光集中在露身上，露嘀咕著「真沒辦法」並站起身來。

「親愛的……不，村長，你想得太複雜了啦！」

咦？

「我們占領了那座城，所以要照顧住在那裡的人。這樣不就行了嗎？」

…………

「要是之後別人有意見……」

「之前放著不管那麼久，誰還會有意見？天使族？那座城是神人族的東西吧？神人族……」

「已經滅亡了。」

蒂雅接下去說。

然後，她要大家別再談起神人族的話題。

原來如此。

「萬一，真的有哪邊跑來抗議，只要這麼說就好——有意見就放馬過來。」

露講得直截了當。

就這樣，決定接納太陽城了。

「太陽城要換個名字，改名為四號村。不過，考慮到至今的歷史，特別允許稱呼它為太陽城或是太陽村。」

在太陽城的謁見廳，我站到高處，告訴庫茲汀接受他們臣服一事。

換名字就是臣服的證明。

露和蒂雅說這是很普遍的處理方式，所以我照著做；不過提前告知時貝爾一臉絕望，於是多加了一段上去。

露說我人太好，但我倒是覺得使用多年的名字很難馬上改口。

無論如何，我將文官少女組準備的文件，遞給單膝跪在我面前的庫茲汀。

那好像就類似認可庫茲汀為代表的證書。

這玩意兒，是不是也得給一號村、二號村和三號村一份啊？

她們說已經準備了，之後再給就好。嗯，那就這麼辦。

不管怎麼說，像這樣的儀式似乎很重要。

「大樹村」的各個種族代表齊聚一堂，葛沃雖然動不了，但是庫茲汀背後還有惡魔族、夢魔族與貝爾看著。

「在下拜領四號村代理村長一職。今後將誓死效忠火樂大人。」

啊，不，不用為了我，為在場的大家努力工作就好……

現場氣氛熱烈到讓我說不出這種話。

大家原先是不是很不安呀？熱鬧的現場就這麼開起了宴會。

餐點由同行的鬼人族女僕們負責。食材和人員的載運有勞哈克蓮和拉絲蒂了。謝謝妳們。

庫茲汀成為四號村的代表，四號村代理村長。
貝爾和葛沃負責輔佐他。
貝爾雖然外表與人類一樣，不過本質似乎比較接近葛沃那種水晶石。
儘管不用吃飯也能動，但那是因為太陽城會供應能源。
要是太陽城的燃料問題解決了，葛沃似乎就能以人類的姿態活動。
另外好像還有十四人。希望能儘快擺平燃料的事。

目前，為了挖掘燃料來源保溫石，我們正往溫泉地上空前進……不過似乎還得花些時間。
移動速度比想像中還要慢。
我以為是因為燃料太少，但好像不是這樣。
這裡原本是建來當別墅，所以能夠浮在空中比較重要，移動力則是其次。原來如此。

四號村……雖然已經命名，不過太陽村比較順口。
可是一講太陽村貝爾就會顯得很傷心，所以我叫它太陽城。
首先，太陽城需要的東西！
全部！
沒有住家、沒有食物、沒有產物！只有迷宮薯！

嗯，雖然當成食材還不壞就是了。找個能讓它比較好吃的料理方法吧。
按照當初的約定，我們將糧食運來交換迷宮薯和魔道具。
應該可以讓他們吃得好一點吧。

不過，太陽城的氣溫隨時都像春天一樣，讓人忘了冬季的寒冷。
不愧是別墅。
冬天躲來這裡可能也是個方法。
但是身為「大樹村」的村長，這麼做實在不太好，所以我自己打消念頭了。

好啦。
雖說是冬季，卻不代表沒有工作要做。
儘管有幾名山精靈和高等精靈留下來接收太陽城的技術，不過大多數的人都回到「大樹村」了。我還留著，因為要建立四號村。

總之……先蓋住家吧。
惡魔族與夢魔族先前都住在城內……不過城內還有許多田地，空間以居住人數來說也不夠保留個人隱私。

所以要蓋住家。

地點在市街區。

這裡成了廢墟，所以大概得先全部清理乾淨再重建吧。

「萬能農具」大為活躍。

不過，要馬上搞定全部實在沒辦法，所以我只清出要蓋房子的部分。

接著是房子的建材……

雖說可以拜託哈克蓮與拉絲蒂，但是考慮到數量後就變得很麻煩。

惡魔族與夢魔族會飛，所以盡可能降低太陽城的高度再叫他們搬？

算了，不管怎麼說，現在是冬天所以沒辦法吧。

一離開太陽城，風就會變得很強，而且很冷。

乾脆種些能夠當建材的樹是不是比較好啊？

建設住家一事暫且擱置。

接下來就是田地了吧。

貝爾希望能把城內的田遷到外面。

非常合理的意見。

畢竟一進城就會看到田嘛。踩著田埂去謁見廳感覺也不太對勁。

在外面闢新田我是可以幫忙，但是已經化為田地的城內恐怕就無能為力了……

如果太陽城的燃料能夠補充，似乎就能想辦法解決。葛沃說，就連西北森林區的大洞也能堵住。真厲害呢。

總之，我找庫茲汀商量要去哪裡開闢新田。

住家會蓋在城南的市街區，所以闢在左右。將西南與東南的市街區改為田地。

什麼廢墟還是廢料，全都用「萬能農具」耕掉。

「你是神嗎？」

作業中，貝爾這麼問，我回答自己只是個農民。

居然將我誤認為神。不可以說這種對神明失禮的話。

啊，可以也在這裡擺創造神和農業神的神像嗎？

希望不會有宗教方面的問題……沒問題。

她似乎願意讓我擺在城內最好的房間。

不過，那不是城主的房間嗎……不用在意？庫茲汀……好像沒問題。

看來他們會很愛惜神像，這讓我很高興。

至於已經枯萎的森林區，我把還活著的留下，另外種植果樹。

收成雖然還得等一段時間，不過如果能順利收穫，應該可以讓糧食問題得到明顯的改善。
庫茲汀喜歡鳳梨對吧。
貝爾和葛沃不需要進食，不過在人類形態時似乎也可以吃東西。
貝爾吃到咖哩後大為感動。
看樣子也種些調味料比較好。

忙了一陣子後接到貝爾的聯絡，說是已經抵達溫泉地。
嗯，她讓我看了地面的影像，確實是溫泉地。
能看見死靈騎士望著這邊。
攝影機的性能真好……不對，是魔法啊？
這種魔法的原理是什麼啊？算了，不重要。
我原本想立刻往溫泉地移動……但是哈克蓮和拉絲蒂已經回「大樹村」了，這下子有點麻煩。
那就由惡魔族與夢魔族載我……做不到？
這樣啊。
得想個聯絡方法才行呢。
……………
可以通訊。

我聯絡「大樹村」，請他們找個會飛的人過來。誰會來呢？

來的是格蘭瑪莉亞。

謝謝妳在這麼冷的天還肯跑一躺。

2 挖掘保溫石

格蘭瑪莉亞抱著我前往溫泉地。

雖然之前已經很多次了，不過……

太陽城果然很高啊。

高度好像有五千公尺？

這比跳傘的高度……還要更高吧？雖然我沒跳過傘就是了。

……嗯？怎麼啦，格蘭瑪莉亞？

喔，跳傘是享受從空中墜落的……慢著，我沒說要妳往下掉。

安全安心才是第一優先。慢慢往下降吧。至於寒冷我會忍耐。

平安抵達溫泉地。

三名死靈騎士出來迎接。

不用跪沒關係啦，起來、起來。

首先說明太陽城的事。

聽到在如此這般之後將太陽城納入支配下的事，讓他們大吃一驚。

接著，三人一同跳起戰勝之舞。

你們練習過對吧？默契很好喔。

受到之前武鬥會中場休息的表演影響？

原來如此，我懂你們的心情。

不過，圍著我跳是怎樣？

我該不會成了祭品吧？

既然要我別在意，那我就別放在心上吧。

接著我告訴他們要挖掘與搬運保溫石，會有點吵。

原本以為這件事應該也沒問題，不過死靈騎士們動搖的程度誇張到一眼就看得出來。

有什麼問題嗎？

在最早來的死靈騎士帶領下，我和格蘭瑪莉亞前往保溫石的挖掘現場。
似乎是「百聞不如一見」的意思。
雖然他在前面領路，不過之前我已經為了挖掘村裡要用的份來過很多次，所以不會迷路。
死靈騎士倒是迷路了兩次。這麼說來，我記得死靈騎士是個路痴。你還是比較適合防守據點啊。
死靈騎士拿著我給他的盾。
他表示相當堅固，用起來也很順手。
另外兩人好像很羨慕，有空幫你們做吧。
同樣的機關可以嗎？還是不一樣比較有趣對吧。
儘管我們邊走邊聊，卻沒有掉以輕心。
這附近也有魔物與魔獸出沒。
不過嘛，自從死靈騎士們留在溫泉地之後，幾乎都沒碰過了……
所以，我們平安無事地到達挖掘現場。
…………
保溫石的挖掘現場，當然會有很多裸露在外的保溫石。
即使是冬天，周邊也很溫暖。
雖說沒有太陽城那麼誇張，應該還是足夠讓人忘卻冬季的寒冷。
在挖掘現場，有一組魔獸家庭。

很大的獅子？四隻腳踩在地面上時……差不多有三公尺吧。

尺寸和小黑子孫們在戰鬥時變大的模樣差不多。

其中一頭有鬃毛的應該是爸爸。

另外一頭沒鬃毛的大概是媽媽。

除此之外，媽媽後面還有三頭小獅子。

其實是獅爸爸與獅媽媽很大隻才讓人產生錯覺，但小獅子也相當大。

不過，從五官和四肢的長度可以看出是小獅子。

可能才剛出生吧？

他們提防著陌生的我和格蘭瑪莉亞，但是感受不到敵意。

死靈騎士走向獅子安撫一番之後，牠們才放下戒心。

不僅如此，死靈騎士還站到我們和獅子之間護著牠們。

呃，我不反對飼養寵物呀？

嗯，沒關係喔。

如果牠們能加入溫泉地的守衛工作，可就幫了個大忙。

還有，希望可以讓我摸一摸小獅子……

啊，不，不用露出那種懷著必死決心的表情靠過來啦。

只是摸一下而已……

哦哦，真不錯。

格蘭瑪莉亞要不要也摸摸看？

…………

另外兩頭小獅子黏著格蘭瑪莉亞。

我完全不會不甘心喔。

「這些……獅子？妳知道牠們的種族嗎？」

「不，很抱歉。不過……應該只是大了點的獅子吧？」

「也對。這個嘛，碰到比較清楚的人……像是遇到露或芙勞的時候再問吧。如果是魔物，莉亞和芽應該比較了解？」

這個獅子家庭，似乎可以用死靈騎士們打倒的魔物和魔獸來餵養。

這麼說來，平常會堆積如山的魔物與魔獸屍體變少了呢。可能都進了這些獅子的胃裡吧。

其實是吃太多才長成這種尺寸……不可能吧。

算了，只要健康就沒問題了。

可是，一直待在那邊會妨礙挖掘耶。

不管怎麼說，獅爸爸和獅媽媽實在大了點。

移往溫泉地？這樣就像要把人家趕走一樣，感覺不太好意思。

根據獅子表示，溫泉地那邊似乎比較容易弄到食物。
而且牠們可以泡溫泉。
這麼說也對。不過，實在是不好意思。
獅爸爸讓三頭小獅子乘坐在背上，我原本以為牠會就這樣直接往外跑，牠的背上卻長出了巨大的蝙蝠翅膀。
咦？
獅子一家對驚訝的我點頭示意，隨即飛往溫泉地。
…………
嗯，不是普通的獅子。

我重新打起精神，按照原先的預定確認挖掘現場。
這一帶的保溫石蘊藏量……我不太清楚。
不過，光是裸露在外的部分，應該就有上噸。
要確保貝爾和葛沃的需求量綽綽有餘。
剩下的就是挖掘。
我姑且有先考慮過步驟。

由我用「萬能農具」挖出一大塊，再讓高等精靈和蜥蜴人他們將保溫石多餘的部分去掉。
這是平常的方法。
假如把去掉多餘部分的工作交給惡魔族和夢魔族……問題就剩下要怎麼從這裡運往太陽城。
我起先以為，既然是飛天城應該會有移動用的飛船，但是沒有。
根據葛沃所言，當初城主出現資金短缺時，率先將飛船賣掉了。
這麼一來，只能讓會飛的人抱上去。
但是，太陽城的惡魔族與夢魔族似乎很難抱著重物飛行。
所以，我打算拜託哈克蓮和拉絲蒂一口氣載過去。
這一次，哈克蓮與拉絲蒂幫了很多忙。
改天做些她們喜歡吃的東西，表達感謝之意吧。

事不宜遲，這就來動手吧。
為了從太陽城降落而呼叫支援時，我已經拜託拉絲蒂載人過來幫忙挖。
「這麼說來，剛剛來接我的是格蘭瑪莉亞……妳們是怎麼決定的？」
「當然是靠抽籤。感謝神賜給我的好籤運。」
這樣啊。
我也受了格蘭瑪莉亞不少照顧呢。

改天做些妳想吃的料理……甜點比較好是吧。了解。

我負責挖掘，格蘭瑪莉亞負責戒備周圍。

在拉絲蒂載人手過來之前，好好加油了。

看見運到太陽城的保溫石之後，貝爾說了句話。

「如果建造這座城的時候有這個數量……就能拿下整個世界了！」

貝爾還真是興奮呢。

這就是加滿油時的充實感嗎？

不，還需要精製。

先將保溫石運到指定的地方，接下來葛沃會負責精製。

只要燃料充足，葛沃似乎也能像貝爾一樣變成人形，讓人有點期待。

而且還有其他人在，希望大家能協助庫茲汀。

啊………貝爾。

武裝的改修與增設就別考慮了。很危險。

如果沒事幹就去幫忙農活。妳要把城內的田遷到外面不是嗎？不可以破壞作物還在生長的田，暫時忍耐一下吧。

種在太陽城內的迷宮薯，一部分遷到外面的田。
要是一口氣都遷出去結果全滅，可就對不起大家了。
還有，我也很擔心種在室內的迷宮薯改種在外面會不會有問題。
是不是替迷宮薯挖個類似地洞的空間出來比較好啊？
太陽城的地面，最薄處好像也有個三百公尺。
稍微挖一下應該不至於挖穿吧。
不過，中央有城堡的地下室，所以人家拜託我別挖太深。
算了，如果地洞不行，弄個屋簷應該就沒問題了……
暫時先觀察迷宮薯遷移後的生長情況。

3 太陽城的技術水準

飛在天上的太陽城。
搭載了魔法動力，使用從保溫石精製而成的燃料。
根據露和蒂雅她們的說法，似乎出自魔法技術非常厲害的時代。

即使是那個時代的殘渣，也遠比現今的魔法技術來得先進。

如果能分析複製，應該派得上不少用場。

所以要確認。

貝爾和葛沃有辦法製造太陽城的魔法動力嗎？

「我認為，騎馬和養馬完全是兩回事。」

這是貝爾給我的回答。

換句話說，操縱者不等於技師，或是操縱者不等於生產者的意思吧。

就算是開車的司機，也不是每個人都有辦法維修車輛。

要從零件開始打造引擎就更不可能了。

即使如此，露依然問出他們所知道的部分，並且做了紀錄。

不過，沒什麼用處。

若問為什麼，是因為貝爾的知識大半建立在已經完成的技術上。

假如硬要舉例……大概就類似沒有智慧型手機和電腦的概念，人家卻找你聊作業系統與應用程式的話題吧。

然後，單憑貝爾的知識沒辦法說明智慧型手機和電腦的概念，她只曉得作業系統和應用程式的操作方法……

就露看來，要是立刻集結當今魔法學的頂尖人才，然後再專心研究個一百五十年左右，大概能勉強搞懂……的樣子。

順帶一提，露和芙蘿拉表示不想加入這個頂尖團隊。

露似乎對已經有終點的研究沒什麼興趣。

求知慾強烈自然另當別論，如果不是就很難覺得這種研究有趣。何況要拿來賺錢也還早得很。

芙蘿拉則是因為忙著研究發酵食品。

這麼說來，納豆發酵得比我想像中還要快，讓我很驚訝。本來感覺上應該要花個十天左右；沒想到才一天，菌種就布滿整批豆子了。

所以第一次是發酵過度導致失敗。

第二次雖然每隔數小時就會檢查，依舊發酵過度導致失敗。在注意到需要用低溫熟成抑制發酵之前，失敗了好幾次。

儘管還沒量產，不過試做階段的評價相當好。不過，對這種獨特氣味沒轍的人就是沒轍。我也不太能接受。和迷宮薯一樣，替它找個比較美味的吃法吧。

言歸正傳。

太陽城的魔法技術，好像沒辦法口授。

這麼一來，就需要資料……話雖如此，但那些東西都在太陽城的苦難歷史中遺失了。

剩下的……只有留在包括書房的城內各處的各式文獻。

有太陽城剛蓋好時的，也有訪客留下的。
所以種類繁多又雜亂。
和魔法技術扯上關係的是有，不過跟貝爾的知識一樣派不上用場。很遺憾。
不過，以資料來說相當貴重，所以我們把文獻和其他的書一起要回來了。
我家的大廳放了書架。
部分居民讀得很高興……但是大家看得懂內容嗎？
既然會笑出來，表示裡面或許也有故事書之類的。
改天我也讀讀看吧。

目前，補充了大量保溫石的太陽城，將航行路線設定成用一年繞「死亡森林」的外圍一圈。
航行方向是逆時針。
之所以選擇這條路線，是聽從葛沃的意見。
太陽城雖然不重視移動力，但是與其停留在同一個地方，他寧可保持移動。
葛沃負責航行相關事務，所以不移動好像就沒事做。
我原本在想，負責照顧庫茲汀他們不行嗎？不過好像是自我認同的問題。原來如此。
所以決定讓太陽城移動。
不過，由於已經隸屬於「大樹村」，所以讓人擔心到了「死亡森林」之外會引發什麼問題。

儘管露她們說不用在意，但我覺得沒辦法立刻聯絡上就是個問題。
所以決定讓太陽城只在「死亡森林」的上空移動。
有人提議：「既然如此，就在『死亡森林』的外圍繞圈。」──同意。
起先我想的是順時針移動，但是葛沃強烈主張逆時針。似乎是本能地認為這樣航行比較安定。
由於也沒什麼非得反對他的理由，所以採納了這條路線。
從「大樹村」看，太陽城冬天會在北方、春天在西方、夏天在南方，而秋天則在東方的上空。
…………
大型月曆嗎？
習慣以後，或許可以靠太陽城的位置確認當前時節也說不定。

太陽城會保持移動，但是要上去只能靠會飛行的種族載運，多少有些麻煩。
所以大家開始研究移動方法。
在那之前先確認。
有類似傳送裝置的東西嗎？看來沒有。
太陽城興建完畢的年代，禁止使用傳送魔法。
使用者會立刻逮捕，好像連學習也違法。
我原本還在想為什麼，結果只是很普通的防止犯罪。

確實，如果能自由傳送，就能隨心所欲地做壞事了嘛。

這是種要求使用者懂得自制的魔法。

……比傑爾與始祖大人。

嗯，應該沒問題吧。

現在使用傳送魔法雖然不是犯罪行為，然而不直接移動到村裡與街上，是基本禮儀。

原來如此。

說起移動方法，就我所知範圍內有熱氣球和飛船。

飛機的知識實在有點強人所難。

至於其他人的意見，則是學習飛行魔法和傳送魔法。

那要等好久啊。

總而言之，山精靈們對我的意見很有興趣，想試著製作……

但無論是熱氣球還是飛船，都需要又大又堅固的布。

雖然可以用魔法強化，不過等座布團起床應該比較好吧。

山精靈們興沖沖地表示只做船體部分也好，不過我攔住她們了。

技術要一步一步來。

這是我從太陽城這件事學到的。

所以先做熱氣球。
而且不是能載人的尺寸，先拿小型的做實驗。
不要失望。
籃子部分先不管，能夠穩定將熱氣送往熱氣球內部的裝置可不好做喔。
「說得也是。我們會加油的！」
山精靈們的答案讓我很滿意。
不過，暫時就請會飛的人幫忙載運吧。

經過一番調查後，我想，從太陽城得來的技術裡應該沒什麼大不了。
不過，請放心。
還是有很厲害的技術。
雖然裝置固定在太陽城裡，所以其他地方無法生產，而且產量很少，但我覺得這種技術很厲害。
罐頭。
沒錯，太陽城可以做罐頭。
惡魔族與夢魔族生產迷宮薯之後，會做成罐頭保存。
當然，做罐頭需要鐵。
但是，能做出薄鐵罐相當厲害。

能夠密封也很厲害。

至於打開……需要開罐器吧。不是能簡單開啟的那種算是美中不足之處。

不過，罐頭啊。

這麼一來就能長時間保存食品了。產量不多真的很可惜。

每天只能生產十個。

不過，十天是一百個，一百天是一千個。如果用一年來算，有三千個以上。

嗯，還不錯嘛。

麥可先生應該會很高興。

葛沃和貝爾的同伴如果醒來還有可能增加，值得期待。

4 新春

今年冬天感覺都在忙太陽城的事。

來回了好多次呢。

……………

我還是希望有個能自行移動的手段。

不快點做出熱氣球可不行啊。
唉呀，要是趕工導致失敗也不好。得避免它墜落才行。
考慮到萬一，最好一併準備乘員的降落傘。
畢竟之前已經用酒史萊姆實驗過了嘛。
不過，在那之前還有件事非做不可。
向入春後醒來的座布團與座布團孩子們說明太陽城一事。
太好了。
醒來的座布團孩子們，開始思考將絲線延伸到太陽城的方法。
那是自己人的城喔～不需要攻打它～

我拜託哈克蓮載我和座布團去太陽城，結果那邊成了午睡會場。
不，只是全都昏過去了？
不需要那麼害怕啊……
座布團不用在意，他們應該只是還沒習慣。
貝爾不愧是貝爾，真不簡單。
…………
雖然意識還在，腿卻軟了。

輕輕一戳後她當場蹲下，哭了出來。

由於好像有更衣的必要，所以我把她背回她的房間。

葛沃想藉著變成水晶石混過去，但是被我揭穿了。

「太、太過分了！」

「呃，你們不是連龍都應付得來嗎？」

「碰到龍哪有可能應付得了啊！」

他全力向我抱怨。

怪了？是這樣嗎？

「全盛期太陽城的防禦力連龍的攻擊都撐得住，但是現在做不到。」

「缺燃料的問題已經解決了吧？」

「因為村長您的攻擊，讓防禦功能停擺了……需要等它自動修復。按照計算，預定要花費兩年。」

「抱歉。」

「不，當時錯在我們這邊，容我再次鄭重向您致歉。」

「事情已經過去了。」

由於會互相道歉個沒完沒了，所以我挑個適當的時機結束話題，介紹座布團。

並且拜託他提供與服裝有關的情報。

我為座布團介紹太陽城的各個地方。

話是這麼說，但是我基於種種理由耕了不少地方，景色和村子沒什麼兩樣。

大概就差在周圍是森林還是天空吧。

預定蓋住家的地方，已經開始慢慢動工。

運送建材果然很費工夫。

雖然也有種植能當建材的樹，但是等樹長成還需要很久。

是不是該在下面先準備好，等德斯他們造訪時再一口氣運上來啊？

還是說，拜託比傑爾和始祖大人用傳送魔法？

運送的建材數量很多，始祖大人姑且不論，對比傑爾來說大概有點嚴苛吧。

座布團在意的不是太陽城，而是夢魔族那種內衣般的裝扮。

受到刺激是無妨，但是當成便服可不好吧？

希望她將這種風格用到泳裝的設計上。

回到「大樹村」，做春天的工作。

當然，就是下田幹活！

加油。

要種什麼、種多少，事前已經討論過。

「大樹村」的田地雖然變大，但是我的作業速度也加快了。

如果讓我專心下田就可以更快結束，不過總會有各種要事插進來，因此花了一個月左右。

要事之一。

向半人蛇族與巨人族說明太陽城的事。

雙方都不怎麼在意。

沒什麼反應讓人難過。

因為在迷宮生活所以對於飛在天上的東西沒興趣嗎？

順帶一提，好林村、魔王國與德萊姆他們，則靠著小型飛龍通訊在冬天時就聯絡過了。

好林村在聯絡之前就已經看見太陽城，得知詳情後鬆了口氣。

甚至回訊祝賀。

魔王國認可大樹村對於太陽城的管轄權，並且私下表示希望方便時能招待他們去太陽城。

德萊姆不在意冬天而直接來訪，參觀了太陽城。

他似乎希望能儘早準備好溫泉或酒館之類的設施。

我也這麼想。加油吧。

要事之二。

我讓一號村、二號村和三號村自力務農，不過他們還需要協助。

雖說可以等我這邊忙完再過去，但是各村和仰賴「萬能農具」的「大樹村」不一樣，是進行普通的農業作業。

因此我盡可能以他們為優先。

太陽城——四號村的田地，是我用「萬能農具」開闢的，所以生長很快。

這次應該沒問題。

問題在今後。

那裡務農可以不用在乎季節，但是一般農業做得起來嗎？

或許得尋找適合太陽城的作物也說不定。

要事之三。

加特建議調查太陽城的底座部分。

底座受到我的攻擊後落入森林裡，成了一座小山。

先前還是冬天所以什麼也沒做，不過既然變暖了就該調查一下。

他表示，或許會有什麼稀有礦物。

不過根據葛沃和庫茲汀的說法，太陽城底座好像是惡魔族攻擊的結果。

那裡會有礦物嗎？

有也不足為奇，因此組織調查隊。

我還有農活所以不參加。

調查隊以蜥蜴人達尬與獸人族格魯夫為中心組成，意氣風發地出動。

我原本以為會由哈克蓮或拉絲蒂載過去，但好像是徒步。

或許是要順便鍛鍊過冬期間懈怠的身體吧，不過同行的加特散發出悲愴感。

「不用勉強同行也沒關係不是嗎？格魯夫也懂得分辨礦物吧？」

「因為是我提議的……我、我會努力。」

我拜託護衛的小黑子孫們照顧加特。

要事之四。

始祖大人來了。

他看見太陽城，說覺得很懷念。

…………

仔細一想，他就算知道這座城也不奇怪。

一問之下，似乎是在天使族還自稱神人族時去過。沒什麼新情報。

始祖大人就這樣直接往溫泉移動。他在那邊遇上獅子一家，感到很驚訝。雖然在驚訝之後好像就一起泡溫泉了。

小獅子變大隻了。成長好快呀。

要事之五。

山精靈們轉眼間就完成了小型熱氣球。

熱氣球的關鍵，在於利用保溫石燃料的筒狀魔道具。

提供者是露。

聽說是以前我拜託她製作各種魔道具時的實驗品之一。

可以藉由調整空氣接觸面來調節溫度。

座布團製作的氣球部分也很牢靠。

不僅如此，更用魔法加以強化，所以實驗飛行很成功。

酒史萊姆得意地試搭。

連酒史萊姆都能操縱，這點是不是該誇獎一下啊？

烏爾莎他們看在眼裡，嚷嚷著想要儘快坐上去。

接著開始以正規尺寸製作。

於是我去砍伐材料。

雖然也可以延後，不過確保往返太陽城的手段很重要。
也不好總是拜託哈克蓮、拉絲蒂與天使族。
「只有村長的話我很樂意……但是行李一多就有點難了。」
太陽城的惡魔族與夢魔族沒辦法抱著我飛行。
令人重新認識到能抱著我飛的天使族有多厲害。

事情很多，幸好勉強應付得過去。
田地告一段落之後，我也就閒下來了。
去支援達尬他們是不是比較好啊？
還是說……嗯？
小黑咬著飛盤在等。
這麼說來，前陣子沒怎麼陪牠呢。
好。
今天就和小黑……不對。
小黑背後還有小黑的子孫們。有的咬著球，有的咬著迴力鏢……
我知道了。
今天就和小黑牠們玩吧。

順帶一提，小黑的孩子們裡，有一部分會輪班守備各村。

排班時間交由牠們自己決定……但是牠們今天特地輪流回來「大樹村」。

為了和我玩。

嗯，我會加油。

題外話之一。

之前小黑子孫撿回來的小狗。

雖然長大之後確定是芬里爾……牠卻很正常地和小黑牠們一起生活。

似乎過得很習慣。

不過，小黑牠們用的道具，尺寸和芬里爾不合。

…………

得趕快做顆比較大的球。

題外話之二。

座布團的孩子們今年同樣踏上旅程。

牠們將絲線伸往天空，乘風移動。

今年的下風處有太陽城。
約有十隻在太陽城降落。
似乎就在那裡生活了。
能夠快快重逢讓我很開心，但是住在太陽城的人很害怕。
還慌到聯絡我呢。
不過，沒關係。
會習慣的。

5 迷宮薯

迷宮薯。
室內也能種的優良食物。生長快，收穫量也不差。
問題在於味道。弱點只有不好吃。
唉，植物也不是為了被吃才長大的嘛。
也有難吃的植物對吧。不，我想大部分的植物都很難吃。
總而言之，迷宮薯改良計畫一號，試著在陽光照得到的地方培育它。

如果環境改變，味道或許也會改變。
於是我在太陽城的田裡種迷宮薯。
順帶一提，改良計畫二號還在研討中。

上面提到的迷宮薯。
爆炸性地生長。
淹沒了整片田，甚至開始侵蝕其他的田。
我接到貝爾的聯絡趕來太陽城，將長出田外的部分砍掉。
雖然有建柵欄，不過迷宮薯的藤蔓三兩下就攀了上去，進而越過柵欄。
可能它就是這種植物吧？
但是，這樣下去迷宮薯會占領整個太陽城。
該怎麼辦才好呢……
「村長，這種長得很快的迷宮薯，沒有長出薯來。」
聽到正在田裡忙的惡魔族這句話，讓我決心排除這些迷宮薯。抱歉。

「沒想到，居然還有機會見到它……」
擁有迷宮薯相關知識的人，是魔王。

迷宮薯一旦照到陽光就會急速生長，而且營養會用在生長上，不會長出薯。

似乎被當成災害植物。

「雖說是災害，不過只要在陽光下生長一個月就會自己枯萎。如果想早點處理掉，趁晚上動手就好。因為它雖然對陽光有反應，卻不會對火把和魔法的光亮產生反應。」

原來如此。

「不過，就算在陰暗處種植，長出來的薯也不好吃。」

的確。

換句話說，以農作物來說它不合格？

「不，味道雖然差，收穫量卻很優秀。以前的領主，會種來應付魔物和飢荒。」

「應付魔物？」

「因為魔物喜歡吃啊。可以用在引誘魔物的陷阱上頭，萬一遭到襲擊還能靠它爭取時間。」

不過，距今約兩百年前，一種只有迷宮薯會罹患的疾病大流行。

迷宮薯就此全滅。

可能是因為太陽城處於隔離狀態，所以城裡的迷宮薯沒染病吧。

「當時沒東西吃的魔物在各地大鬧，讓我們花了很多力氣。特別是來自人類國家的投訴非常誇張，居然懷疑我們操縱魔物……光是回想起來就讓我不爽。」

順帶一提，當時魔王似乎只是某地的貴族。

迷宮薯全滅之後，魔王國改種妖精小麥。

它和迷宮薯一樣可以種在陰暗處，但是在陽光下也能正常生長，加上即使種在荒地也種得活，味道又比迷宮薯好，所以很受歡迎。不過，有收穫量不高這項缺點。

這種妖精小麥——

在人類的國家，比在魔王國還要流行。畢竟容易種味道又好，當然會流行。

為了彌補收穫量少這個問題，需要廣闊的土地，於是人類國家廣泛開墾，大量種植。

到了最後，甚至誇張到每個地方都會種。

魔王國這邊難以確保夠大的田地，頂多就是原先種迷宮薯的地方會生產。這點大概值得慶幸吧。

距今約十五年前，只有妖精小麥罹患的疾病流行，導致人類國家爆發大飢荒。

魔王國雖然也有飢荒，卻沒有人類國家那麼嚴重。因此，對方認為這是魔王國的陰謀而開戰，一直持續到現在……

「與其戰爭還不如去務農吧？」

聽完這些，我忍不住說道。

「就是說啊。但是，種過妖精小麥的田地，其他作物幾乎都長不了。」

「咦？」

「在人類的國家，目前大部分的田地都還沒辦法用。會把目標擺在戰爭上大概也是難免吧。」

「人類國家的糧食怎麼辦啊？」

「靠沒事的田和新開闢的田勉強撐著吧。再來就是向精靈國家和矮人國家採購。他們也有向魔王國買，雖然這件事不能公開。」

「向敵國買糧食？」

「姑且還是有下令禁止啦。但是不能認真取締。」

人類方內部似乎有主張「魔王國允許糧食交易，所以不該開戰」的勢力。

一旦嚴加取締，這種勢力將會衰退，可能導致戰爭更加激烈。

「雖然魔王國的糧食也算不上充足就是了。」

是這樣嗎？

不過，即使提高大樹村的生產力，以整個魔王國的角度來看，應該也只是杯水車薪吧。無可奈何。

無能為力。

…………

「在魔王國，妖精小麥只會種在陰暗處嗎？」

「不，普通的田地也多少有種一些。」

「那些田地什麼都長不了嗎？」

「嗯，是啊，大部分現在都還是荒地。」

「要不要試著在那些地方種迷宮薯？」

「這是什麼意思？」

「迷宮薯一照到陽光就會長得非常快，我想在那些田裡應該也種得活。」

「或許是這樣沒錯，但是在陽光下生長的迷宮薯可不會長出薯喔？」

「目的不在那裡。」

「嗯？」

雖然不曉得原因，但是種過妖精小麥的地方，其他作物似乎很難生長。

既然如此，讓那些地方不再是妖精小麥田就好。

「啊！」

「雖然不見得會順利，但要不要實驗一下？」

「說、說得也對。就試試看吧。」

假設是連作障礙，代表田裡缺乏特定營養素。

如果迷宮薯枯掉，或許能就這麼成為肥料。

種在放著不管的田裡，就算失敗應該也不至於造成問題。

「是不是連正常種在陰暗處的也一起種植比較好啊？」

魔王提議。

當然囉。

我祝魔王好運，並且將迷宮薯的種薯交給他。

迷宮薯。

雖然魔物喜歡，不過在「大樹村」……小黑家族不能接受。座布團家族倒是吃得很開心。史萊姆們當沒看見。至於溫泉地的獅子一家，感覺應該是吃得心不甘情不願。

呃，不用勉強沒關係啦。

死靈騎士呢？不肯正眼看我。應該是不行吧。

試著讓半人蛇族和巨人族嘗嘗，他們表示村裡平常種的比較好吃。謝謝你們。

不過，兩邊似乎都願意試著種。

半人蛇族那邊，好像是養的蛇很中意。

巨人族那邊，則是拿去餵血腥腹蛇。

畢竟如果迷宮薯能填飽血腥腹蛇的肚子，巨人族就更安全了嘛。

我提醒他們「魔物喜歡吃」與「不可以在陽光下種」之後，便將種薯交給他們。

實驗。

我試著將大量迷宮薯裝進網袋，放在森林裡不管。

當然，是在距離村子相當遠的地方。

數小時後，大批蟲類魔物蜂擁而至。

雖然考慮過收拾掉，但是數量太多了，所以放著不管。

迷宮薯種在迷宮裡面時，魔物不會群聚而來嗎？

這回我試著將大量迷宮薯裝進網袋後，埋在土裡。

放了好幾天都沒事。

也沒有被挖出來。

原來如此。

迷宮薯在土裡時不會被魔物盯上。

…………

以前在迷宮裡面，有負責把迷宮薯挖起來的魔物或魔獸嗎？

謎團真多。

拿迷宮薯釀酒的實驗——

我用「萬能農具」幫忙，所以很快就釀好了，但是味道不怎麼樣。

比不上用番薯等作物釀出來的酒，讓矮人們很遺憾。

預定留下一部分進行多重蒸餾，用來萃取酒精。

拿迷宮薯做菜的實驗——

鬼人族女僕們將它磨粉拿去蒸之後，做出了很有趣的蒟蒻狀物體，沒什麼味道但是口感很有彈性。

由於已經是加工食品，所以能直接吃，但是燙過後變得很美味。

原先不怎麼樣的味道……好吃得令人驚訝。

原來迷宮薯是蒟蒻薯啊？

不對，蒟蒻薯應該比較像很大的球根。

…………

不要在意細節。

找到能讓它好吃的作法，已經讓我心滿意足。

於是我致贈獎勵牌給鬼人族女僕。

6 獎勵牌與迷你獎盃

去調查太陽城底座的蜥蜴人達尬與獸人族格魯夫、加特一行人回來了。

就結果來說，發現了星輝石、魔鐵粉和黑塵這三種稀有礦物。

太陽城的底座並非原本就有，而是惡魔族攻擊造成的。
惡魔族拋出高黏性的土，讓大量泥土黏住太陽城底部。
目的是把混在土裡的魔物卵送上去。
雖然孵化的時機出乎意料，照預定將魔物送上去的高黏性土壤，就在太陽城底部硬化後形成底座。

星輝石大概是高黏性土壤裡原有的成分。
它雖然是種漂亮的石頭，卻只有差不多半粒米大小。
以採集麻煩聞名。
除了裝飾之外，還能當成魔道具的零件。

魔鐵粉與黑塵，則是魔物蛻下的殼，隨著時間經過後石化而成。
雖然一如其名是粉與塵，不過它們原本是殼，所以某種程度上會聚在一起。
不過，因為是粉塵，所以採集有些麻煩。
在製造武器防具時混入少量魔鐵粉，能讓成品帶有特效；黑塵則是施展魔法時的觸媒。
另外，這些東西同樣能當成魔道具的零件。

這三種礦物。

由於很少產出，所以難得拿來交易。

如果當成交易品，價值高達黃金的百倍到千倍。

這些全部大約有十公斤。

「只是稍微採集，就弄到這樣的量。雖然還有很多……但如果拿去賣，可能會讓價格崩盤啊。」

加特如此報告。

「不會賣啦！全都是我的！」

露喜出望外。

對我來說，雖然星輝石很漂亮，但是其他東西看起來只是些骯髒的粉，很難評估它們的價值。

不過，很少展現出物質慾望的露，居然這麼想要啊？

「拜託。」

「這個嘛，反正以用途看來，除了露以外大概也沒人會用……」

一旁有人伸出手，我還在想是誰，原來是始祖大人。

他突然拿一號村產的紙寫了些東西，然後遞給我。

一張寫著財寶名稱的目錄。

我看著始祖大人。

「星輝石一公斤、魔鐵粉四公斤，以及黑塵兩公斤。拜託您了。」

一本正經。

呃，不用拿東西交換也會分給你啦。

「還有其他的礦物嗎？」

我詢問加特。

「太陽城掉下來的底座裡只有那三種。不過，途中還發現了鐵礦石和銅礦石。」

「鐵和銅啊……蘊藏量呢？」

「要正式調查才知道。不過從地形看來，應該不太能指望。」

「是這樣嗎？」

「就我的推測，兩種應該都兩百噸左右吧。」

兩百噸算少嗎？

加特他們原本住的好林村似乎能挖到更多。

算了，也不需要急著挖掘。

反正如果需要鐵和銅，向好林村採購就好了嘛。

這麼一來，挖掘太陽城底座……

我詢問露和始祖大人，他們說暫時有這些就夠了。

不過，如果能挖得到，希望可以繼續。

繼續挖掘就需要加特……當事者表示沒問題。

不過，他希望能製作用上魔鐵粉的武器防具。

嗯，許可。

不過，讓他一直挖也不好意思，就像這次一樣編組挖掘隊吧。

…………

會和其他來挖掘的人爭搶嗎？已經立了牌子主張所有權？

原來如此，幹得好。

由於找到了貴重的礦石，因此致贈獎勵牌給前往挖掘的人。

之所以用各種理由送出獎勵牌，是因為文官少女組提出警告。

今年春天也按照往例，把獎勵牌發給各種族代表與「大樹村」的居民。

這點沒問題。

雖然在給四號村的數量與新交換清單上有些爭議，不過一如往常。

問題在於我自己確保的份。

每年我都會保留約一百枚，用來當成獎賞。

但是，主要只會在慶典與武鬥會等場合頒發，她們說其他時候發得太少了。

不是我吝嗇惹她們生氣，而是目前獎勵牌的價值過高。
如果入手方式只有每年分配、慶典與武鬥會，就會很難取得。
這麼一來，大家就會當成寶貝，避免拿出來交換。
引進獎勵牌制度是要當成通貨的前身，這樣不是不行嗎？
一點也不錯。
所以從今年起，慶典與武鬥會發的獎勵牌會另外保留。
這一百枚獎勵牌，變成由我個人發給勞苦功高的人。
「給勞苦功高者應有的評價，也是村長的工作喔。」
的確。
「我知道了。然而，也有我看不到的地方。各種族代表與各村代理村長，如果有應該領獎勵牌的人，就把他帶來我這裡。」
畢竟我一個人沒辦法全都顧到嘛。
…………
如果一百枚不夠該怎麼辦？
到時候再想吧。
總之，就是因為這樣，所以我會特別把頒發獎勵的事放在心上。
之前確實發得太少了。反省。

「村長。」

文官少女組神情嚴肅地找我談話。

「關於獎勵牌一事，我們認為獎勵部分應該更獨立一點。」

「這話是什麼意思？」

「當成『獎勵時給的東西』這點沒問題。只不過，領取的人可能會當成勳章，不拿出來交換。」

「啊……也對。」

「然後，武鬥會有頒發給優勝者的獎盃對吧？」

「嗯。」

「準備小一點的版本怎麼樣？」

迷你獎盃。

我做了一個當樣品，放在宅邸大廳展示。

「這是小黑先生？」

由於不是慶典和武鬥會，所以獎盃造型讓我有點傷腦筋。

也許用杯子或塔就好，但是小黑當時正好在眼前，我便拿牠當模特兒了。

小黑威風凜凜地站著，腳邊有看板。

看板預定雕上立功者的名字。

「小黑先生的部分，會換成領獎人的種族樣貌嗎？」

讓別人有了多餘的期待。呃，如果大家希望，我會這麼做啦……

順帶一提，第一個領到迷你獎盃的是座布團。

製作「大樹村」旗幟的功勞。

旗幟是綠底，中央用金線織出大樹圖案。

雖然感覺有點囂張，不過村民們拍胸脯保證沒問題，於是就這麼採用了。

座布團舉著領到的迷你獎盃在村裡繞了一圈，然後放在大廳的小黑樣品獎盃旁邊當裝飾。

一旦第一個領到的這麼做，今後的迷你獎盃大概都會放來這裡。

考慮多弄些櫃子吧。

目前，小黑正為了讓樣品獎盃變成真品而奮鬥。

努力是很好，但我還是希望牠別冒險。

迷你獎盃要是價值太高也不好。

立些簡單的功勞就頒吧。

要不然……

我看向旁邊。

村民們非常興奮，最明顯的就是考慮要改建我家的高等精靈。

嗯，要在做得太過火之前踩剎車。

總而言之，先頒給造出熱氣球樣品的山精靈們、把迷宮薯做成蒟蒻的鬼人族女僕們，還有努力挖礦的加特他們吧。

希望大家明白，不是只有個人能領到迷你獎盃，團體也可以。

「大樹村」的旗幟，掛在宅邸大廳的牆上。

座布團的孩子們，在打掃大廳時會幫忙清理灰塵。

改天也得發給其他村子才行啊。

咦？已經準備好了？

不愧是座布團。

那麼，就去發給他們吧。

7 一號村的豬們

一號村出問題了。

似乎是為了吃豬肉這件事而有所爭執。

「不行，我絕對不會讓你們把豬子勒死！」

「看看這清澈的眼神，不覺得有『吃掉牠』這種念頭很奇怪嗎！」

「我們已經是一家人啦！」

「很遺憾，豬是糧食。」

「已經說了那麼多次不要取名字……」

「快點把牠交出來。」

男性大多數是不吃派，女性則是吃掉派。

我在心情上是不吃派。

那些豬大概也明白人家在保護牠們，所以不肯離開男村民的身邊。

「畢竟糧食充足嘛。會有『不需要勉強殺豬』的看法也能理解……」

獸人族的瑪姆很為難地向我解釋。

「除了肉以外還有很多用途吧？」

「因為在森林裡獵到的魔獸素材品質比較好。」

「原來如此。但是如果不吃，豬就等於只會消耗糧食了。」

山羊和牛可以期待產奶，雞會下蛋。

馬能當成移動手段和勞動力。

考慮到豬的繁殖力，應該不太適合當寵物吧。

如果豬不證明自己派得上用場就……嗯～

算了，應該可以暫時不吃吧。

「這樣好嗎？」

聽到我的決定，瑪姆神情嚴肅。

「到有糧食問題為止。」

「豬這種動物一年會懷好幾胎喔，幾年後不是會變得很誇張嗎？」

「我明白。到時候再說吧。」

老實說只是單純往後拖而已，但是我需要下定決心的時間。

日後，決定要加蓋豬舍，不過……

生出來的小豬，大多數都讓給二號村和三號村了。

「因為糧食很重要。」

「只曉得疼愛牠們是沒辦法過日子的。」

二號村和三號村因為我對豬的處置而生氣了。

他們似乎有好好地把豬當成家畜看待。真是可靠。

然後，反省。

可是，沒辦法這麼容易就作出決定。我知道。

就和一號村的男性們一起慢慢接受事實吧。

當天晚餐有一道炸豬肉，是向麥可先生進的貨。

真好吃。

思考和胃是分開的。

我喝著餐後茶，覺得自己真是任性。

8 熱氣球

一號村、二號村與三號村飼養家畜的空間擴大了。

因為在各村誕生的家畜，已經長大到某個程度。

一號村是豬和雞。

二號村和三號村則是養牛、豬、山羊、綿羊，還有雞。

太陽城——四號村雖然也有計畫飼養家畜，卻因為沒人知道飼育步驟而停擺。

目前計畫讓幾名惡魔族與夢魔族搬到「大樹村」，學習飼育事宜。

「牛和馬的數量少，必須從外面借種。」

在「大樹村」負責照顧家畜的獸人族女孩們這麼告訴我。

在一般的村子，似乎會帶著家畜前往其他村取種，或是幫人家配種。

「移動很麻煩呢。」

又要向麥可先生買了嗎？

雖然移動還是很麻煩，不過買進來的話只要單程就好。

看準哈克蓮或拉絲蒂方便的時候吧。

至於用熱氣球移動……動物要是不安分就危險了。

熱氣球。

由於座布團很快就做好熱氣球用的大袋子，所以能讓四個大人搭乘的熱氣球完工了。

袋子弄成簡單的球型。先將空氣送入袋中再用魔道具加熱，藉此飛行。

火力透過操縱魔道具調整，升降沒有問題。

問題在於方向。目前等於完全靠風。

假如沒用座布團製作的繩子綁在地上，不知道會飛去哪裡。

熱氣球不能操縱方向？做不到嗎？做不到吧。

為了操縱方向而加上動力和舵，就變成飛船了嘛。
換句話說，目前還不能作為前往太陽城的手段。
我為什麼在試做的時候沒注意到啊！
不，還沒完！
如果要讓這個熱氣球照自己的意思動，該怎麼做才好？
…………
嗯，加上動力和舵弄成飛船是最佳解答吧。
動力還是要靠魔道具嗎？
轉動螺旋槳提供推進力應該是最佳選擇吧。

我做了個螺旋槳的試驗品，找露商量。
「轉動這個產生風的裝置？應該做得到，不過……是要用風吹氣球嗎？」
「咦？不，是要裝在人搭乘的部分。」
「嗯？」
對於螺旋槳的說明，露半信半疑。
最後，我做了個類似風扇試驗品的東西進行實驗。
放在地板上只會產生風而已。

裝到有輪子的臺車上面之後……

「推車動了。」

露很驚訝。

這是基本的作用力與反作用力對吧？

不是日常生活中就體驗得到嗎？

露找來芙蘿拉和蒂雅，讓她們看裝在臺車上的風扇。

「咦？這是什麼魔法？」

「風精靈的惡作劇？」

…………

芙蘿拉也就算了，蒂雅不該驚訝吧？

畢竟她會飛嘛。

這部分是基礎中的基礎，而且翅膀會動吧？

「因為翅膀是靠魔力操縱的，不是像鳥那樣用。」

原來如此。

是不是因為魔法太過發達，所以科學發展方面不行啊？

她們看見風扇裝在臺車上就感到驚訝，反而讓我嚇了一跳。

熱氣球弄得懂吧？

「暖空氣往上飄不是理所當然的嗎？」

「這是魔法學的基礎呢。」

「雖然沒想到能用那種方法把東西載上去就是了。」

…………

可能不是科學不行，而是擅長的領域不一樣吧。

看過來。

所有人，雙手掌心互貼，連手指都要對齊……將無名指以外的指頭稍微錯開後握緊。

在無名指中間夾個銅幣。

試著在保持雙手握住的狀態下將無名指往外挪，讓銅幣掉落。

「這種事有什麼難……怪了？」

「咦？咦？咦？」

「動、動不了！」

原來如此。

這方面也不太行啊。

讓我稍微安心了點。

「魔法？魔法？」

「不，會不會是催眠術？」

「好像不是自己的身體一樣。」

不要勉強。

只是在中指彎曲的狀態下，很難挪動無名指而已。

好啦，轉動螺旋槳的魔道具，露想辦法幫忙搞定了。

這麼一來就不用靠風移動了。

之後就是方向要怎麼辦。

舵應該最好，不過我準備了兩個轉動螺旋槳的魔道具，分別裝在熱氣球吊籃的左右兩側，朝著同一個方向。

可以藉由開關左右螺旋槳，進行左迴旋與右迴旋。

強度呢？沒問題。

重量呢？透過將四人乘坐改成兩人乘坐解決了。

那麼，要試驗啦！

從自告奮勇的山精靈裡抽籤選出兩人。

來，要翱翔天際啦！

……在那之前。

為了安全起見，我要求搭乘的兩位山精靈裝備降落傘。

另外，讓會飛的格蘭瑪莉亞她們飛在周圍。

好，去吧！

…………

………………

目前，球型氣球下方吊著籃子，乘員會在那裡操縱魔道具加熱空氣。

在籃子左右裝上螺旋槳，藉此得到推進力，不過……

在我的預想之中，熱氣球會一下右一下左地前進；實際上只有籃子的部分往前進，傾斜得很嚴重。

上面的氣球部分完全不打算前進。

而且，由於籃子傾斜嚴重，用來加熱空氣的魔道具火焰會碰到氣球，看樣子很危險。

試驗中止。

如果相對於浮力的水平推力只作用在吊籃部分，會導致平衡不佳。

仔細一想，飛船的螺旋槳也是裝在氣球部分。

不該嘗試拿熱氣球來改造的。

得當成飛船去想才行。

既然如此……

為了將螺旋槳裝在氣球部分，就需要框架。重量會增加吧。

這麼一來，氣球必須做得很大。
但是，以目前魔道具能加熱的空氣量來想……很難吧？
飛船的主流不是熱氣，而是填充氣體。
記得是氦氣。
…………
我根本不曉得怎麼製造。
既然如此……氫氣？不行、不行，會爆炸。很危險。
唔……
這麼一來……不是安裝螺旋槳的框架用超輕材質，就是要找氦氣的替代品吧。
於是，熱氣球與飛船暫停開發。
真是遺憾。
別哭，山精靈，我也很不甘心。

我們把熱氣球的螺旋槳拆掉恢復四人乘坐，用來享受天空的樂趣。
如果風向正確，說不定能飛到好林村或德萊姆的巢穴。
應該不至於完全沒用才對。
雖然往來太陽城暫時還是得拜託會飛的人。

「熱氣球要不要由我們這邊引導？」

太陽城的葛沃表示。

只要升高到一定程度，太陽城這邊似乎就可以拉。

假、假設去程可以，回程該怎麼辦？

「回程也沒問題。我們能穩定地把它引導到村子上空。」

…………

既、既然說到這種地步，那就試試看吧。

搭熱氣球飄到太陽城……

從太陽城飄到「大樹村」……

可以移動了。

…………

我看著身旁山精靈們的眼睛。

絕對要完成飛船。

當然。

我用力點頭。

不過……

目前還是先量產熱氣球吧。

含預備的至少要三顆。理想是五顆。加油吧。

Farming life in another world.

Chapter,3

Presented by
Kinosuke Naito
Illustration by
Yasumo

〔第三章〕

開店

01.大樹村　02.死亡森林　03.魔王國監視站　04.北山　05.溫泉地　06.巨人族迷宮
07.半人蛇族迷宮　08.好林村　09.塔羅特村　10.修馬村　11.山　12.古爾古蘭德山　13.德萊姆的巢穴
14.鐵之森林　15.很少有人走的街道　16.夏沙多市鎮（有商港，魔王國名列前茅的大型城鎮。）
17.魔王國主要街道（繞過死亡森林、鐵之森林，於沿海鋪設。）　18.海
19.（沿路前進並北上，可通往魔王國的王都。）　20.魔王國王都

閒話　出差

我叫伊弗魯斯。

出身於魔王國小貴族的男性。

家業由長兄繼承，所以我必須養活自己。

幸好魔王國認可我在文官方面的才能，僱用了我。

持續工作四十年。

這段期間我娶了妻、生了兒子。兒子今年滿二十歲。

兒子不像我，力量與魔力都受上天眷顧，將來有望成為魔王國的將軍。

真是值得慶幸。

然而，直到不久前我兒子都在抱怨魔王國目前的體制，暗中參與政治運動。

我原本還煩惱是不是該向魔王大人報告，結果他突然洗手不幹了。

出了什麼事嗎？

他的笑容變得比之前開朗，或許是碰上好事了吧。

該不會，是跟暗戀已久的麵包店女孩有進展吧？如果是這樣就值得高興了呢。

無論如何，不再從事可疑活動實在是太好了。

好啦，回來談談我自己。

大約五年前，我受命擔任夏沙多的代官。

夏沙多是魔王國的直轄領地，也是國內名列前茅的商業地區。

最近的發展十分搶眼。

被派來這種地方當官，我一半因為過去的努力得到認可而高興；另一半則是對於自己身負重任感到不安。

不希望失敗。

想過得安穩。

我懷著這種心態，一直做到今天。

原則只有一個。

不知如何判斷時，就遵照前例。

儘量不做沒有前例的事。

如果無論如何都必須做沒有前例的事，就向王城請示。

說來丟臉，這些年我都是儘量避免扛責任。

根本沒考慮什麼出人頭地。

工作以安全為上，適度就好；當然收入也只有剛好而已，但我不貪心。
我很了解自己有多少本事。
夏沙多代官一職，對我來說負擔太重。
大概是多虧了這種心態吧。
到目前為止，都沒發生什麼大問題。

話雖如此。
但為什麼身為魔王國四天王之一的雷格大人，此刻會在我眼前？
雷格大人負責財務。
怎麼回事？
我沒做任何違規的勾當，包含金錢方面在內。
難不成有哪個部下鋌而走險嗎？饒了我吧。
不，其實該算我管理不周。
但是，部下們……究竟幹了什麼好事啊？
我記得應該沒人為了錢傷腦筋呀……
「這樣行嗎？」
「好、好的。」

不行、不行。

與其一直往壞的方面想，不如先好好把話聽完。

應對之後再說。

隔天。

魔王國四天王之一，葛拉茲將軍出現在我眼前。

為何？怎麼會？有什麼事和他扯上關係嗎？

難道說，戰火已經燒到這個夏沙多了嗎！

得趕快募集士兵才行。

不，必須先確保避難地點。

夏沙多近來發展興盛，因此人口變多了。

儘管避難需要時間，不過船隻很多。

應該負荷得了吧。

「可以嗎？」

「啊，好、好的。能立刻動用的船約有二十艘，請問大概還有多少時間？」

「咦？」

葛拉茲將軍之後，是藍登大人。

總攬魔王國內政的藍登大人，是我上司的上司。

過去和他說過的話屈指可數。

最後一次說話是……

因夏沙多市鎮舉辦武鬥會而前來的時候吧。

「歡迎您的蒞臨。」

「辛苦了。」

印象中，大約兩秒就結束了。我還記得。

不不不，我沒有生氣。

我很慶幸有這種不需要應酬的上級。

為什麼這位藍登大人會跑來？難道說，是要撤我的職？請您三思啊！

既然已經見到雷格大人、葛拉茲將軍與藍登大人這三位魔王國四天王，那麼四天王的最後一位——

克洛姆伯爵說不定也會來。

雖然先前三位的接待應該沒失敗，卻也不算非常成功。

畢竟每一位都是突然來訪嘛。我就先準備一下吧。

因為可能是白費力氣，所以很難交代部下去做。

於是我自己打掃房間。
桌子的位置……這邊就行了吧。窗簾上沒有灰塵。
該感謝女僕們平常的辛勤。

幸好有事先準備。
此刻，在我眼前的是魔王大人。
不，我低下頭所以不算眼前。算是頭前吧？哈哈哈。
…………
為何？怎麼會？我之前幾乎沒見過魔王大人吧？
咦？頭抬起來無妨？
不不不，請讓小的就這樣低頭。
直接回答？就是直接和您對話的意思沒錯吧？做不到做不到做不到。

累死了。
這幾天搞得我好累。
說不定一口氣老了好幾歲。
不過，怎麼會這樣啊？

魔王大人、雷格大人、葛拉茲將軍與藍登大人，他們雖然用詞不一樣，講的卻是同一件事。

「有客人來拜訪戈隆商會。千萬不能對那位客人失禮。」

什麼人要來啊？

其他國家的國王嗎？沒聽說有這個計畫。

更何況，如果是國王就不該跑來這裡，應該去王都吧？

其他國家的王子或什麼貴人私下跑來玩嗎？

啊，原來如此。這樣我就能理解了。

畢竟，上頭交代要暗中護衛人家、盡可能給人家方便，以及不要礙人家的事。

…………

怪了？那人是來幹什麼啊？如果只是來玩，應該不會講什麼給方便或礙事吧？

…………

我聯絡戈隆商會。

對方也為了迎接那位客人而忙得不可開交。

來頭相當大？

由會長親自指揮呢。

對方答應我，客人一到就會立刻聯繫。

我要做的，只有一開始打聲招呼。

此外沒什麼特別需要做的，我也沒打算特地做些什麼。
暗中護衛的人手，雷格大人已經安排好了。
雖然姑且算是歸我指揮……不過我下令也沒用吧。大家自己行動。
我能做的，就只有不妨礙他們。
雖然可能會有人說我不夠合作，但是總比瞎忙扯人家後腿來得好吧？

正當我要喝杯茶的時候，有人猛敲房門。
「戈隆商會傳來聯絡，好像已經到了。」
「這樣啊。」
雷格大人安排的暗中護衛人手已經不見蹤影。
我也得趕快過去才行。
於是我搭事先準備好的馬車前往戈隆商會。
這輛馬車是戈隆商會贈送的，坐起來非常舒適。
要是讓訪客搭乘這輛馬車，能不能討他歡心呀？不不不，不可以強迫人家。
人家想要的時候再出借吧。

「我是馬可仕。」

「我是他的妻子寶菈。」

戈隆商會的客人有兩位。

年輕的人類夫妻。

…………

農家的夫妻嗎？

不不不！我這個笨蛋！

我仔細看了看那對夫婦的穿著。

他們穿的衣服乍看之下很普通，實際上隱隱帶著光澤。而且，材質是高級品。

拿高級布料做普通衣服嗎？真是瘋狂。看樣子非常有錢。

不，可能是想隱瞞身分吧。

這麼一來，他們雖然自稱夫妻……卻也有可能是主人與侍女。

不過，這時候就要將人家當成夫妻看待。不可以失了禮數。

…………

怪了？

自稱寶菈的女性，舉止顯得十分高雅。

反過來嗎？扮演妻子的才是主人，丈夫是隨從？

不行不行不行，要排除成見！讓思考停下來！

眼前這兩人是夫妻，是戈隆商會的貴客。
「敝人是夏沙多的代官，伊弗魯斯。歡迎兩位蒞臨。」
很好，完美的問候！
那麼，接下來就巧妙套出他們的來意，然後別去礙事！
這時，戈隆商會的會長來到我面前……怎麼啦？
「這兩位客人，似乎打算在這個城鎮做生意。」
做生意……做生意？這是什麼暗號嗎？沒聽說過耶。
「雖然可能會替您添麻煩，不過還望您多加協助。」
…………
不行，搞不懂。
「具體來說，我該怎麼做才好？」
不知道就要問。不懂裝懂最危險。
拜託，戈隆商會會長，給我個答案！
「南商區的四個轉角之一，有個當成市鎮資材堆放處的地方對吧？那邊能不能想想辦法？」
太棒了，很清楚。
「包在我身上。我這就派人把東西搬走，將地方讓出來。」
「非常感謝您。費用稍後會支付。」

雖然說稍後，但是不曉得要幾年以後對吧。
「我明白了。」

我鞠躬之後，戈隆商會的會長走向兩人。
那位自稱馬可仕的男子，正在詢問戈隆商會會長某些事。
雖然很想偷聽，但是別去聽才是正解吧。
「麥可大人，只要在夏沙多開店，代官就會來打招呼嗎？」
「哈哈哈，很少見啦。話說回來，店的事沒問題嗎？」
「已經和村長練習過很多次了，包在我身上。」
「加油啊。話是這麼說，但是搞定店面還需要點時間，在那之前先觀光吧。」
「我們會用明天一整天觀光。剩下的時間，想為開店作準備。不好意思，我們對環境不熟……」
「我已經安排部下當嚮導了，好好使喚人家吧。畢竟，是我們拜託你們過來開店的嘛。」

隔天。
「這一大筆錢是怎樣？」
錢袋堆滿了我的桌面。
「戈隆商會拿來的購地款。」

我的祕書回答。

購地款？咦？奇怪？

「很嚇人吧？金額比市價還要高出一倍以上。戈隆商會真是有錢呢。」

呃～

我決定不去多想。

閒話　一號村的女性　寶菈

我叫寶菈。

雖然是自己取的名字，但是我相當中意。

真名？這可不能說。

所以我是寶菈。曾在暗巷生活的女人。

在暗巷過日子很辛苦，快樂的回憶只有一點點。

那些快樂的回憶，大半都和馬可仕有關呢。相遇時，馬可仕是個年紀和我差不多的少年。

不過以暗巷生活來說算是我的前輩吧。現在則是我的丈夫。

一想到沒遇上他會如何，就讓我覺得害怕。

至於我和馬可仕的轉機，就是與芙修大人相遇。

先前聽說她會綁架小孩，所以當時我還以為已經沒救了。

不過，一看見她召集到的成員，我就鬆了口氣。

暗巷的領袖傑克也在嘛。

雖然馬可仕很可靠，但是傑克更可靠。

假如他沒有迷上莫蒂，我一定會追他。

芙修大人向我們提起移居的事，還說能領到房子。

天底下哪可能有這種好事。是不是以為我們無知在耍我們啊？

不過，科林教的大人物會說謊嗎？

雖然我有所提防，不過其他人……嗯，也在提防。就是說嘛。

但是，我們決定接受芙修大人的提議。

儘管「沒辦法違抗她」也是理由之一，但她的提議實在太有吸引力了。

最吸引我的，就是在移居之前能學到很多東西。

而且免費。

文字、計算與禮儀之類的都會教，太感動了。

更何況，就算移居是假的，學到的東西也能當成財產。

如果會計算，就比較容易找到差事。要是還會寫字，甚至能期待多領點薪水。

至於禮儀……雖然覺得沒必要，但是冒犯貴族挨揍這種事還滿常聽到的。

學起來也不虧吧。

這半年雖然忙碌，卻很充實。

移居是真的。

在離「大樹村」稍遠處有個叫一號村的地方，在那裡能領到房子，人家還會給我們工作。

糧食也準備得很充足。

而且，對方希望我們成為那裡的居民。

周圍環境雖然有點可怕，但是守衛很確實。

和暗巷生活相比，這裡根本是天堂。

要好好把人家交代的工作……我原本這麼想，卻沒做到。我總是失敗。

不過，人家沒有因此生氣，也沒有把我趕出去。

村長……喔，村長是指「大樹村」的村長喔。

一號村沒有村長，只有被稱為「代理」的人。

這位村長呢，希望我們別急，要我們找到適合自己的工作。

謝謝你，村長。

其他和我一樣沒做好的人，也用力點頭。

要好好努力，這也是為了村長。

於是我們漸漸習慣了村裡的生活。

務農、造紙、搾油、搾糖與製鹽。

雖然進展很慢，但是做得來的事變多了。

豬隻交到我們手裡時，我還有點擔心養不好，但是大家很努力。

不過嘛，男性們投入的感情多了點就是了……

對了、對了，說到這些男人。

來到一號村時，大家原本連森林都踏不進去，現在他們已經進得去了。

傑克甚至能一個人打倒長了獠牙的兔子。真的很厲害。

馬可仕也很努力，但是好像還做不到。

不過，不要逞強喔。別做危險的事。

看，庫里奇也要你小心一點。

庫里奇是其中一隻守衛村子的狗……不，是地獄狼。名字是我取的。

一開始雖然會怕，但我知道牠們是在保護村子，而且偶爾會帶來從森林裡抓到的獵物。

想要表達感謝之意的時候，我才發現自己不知道牠們的名字。

詢問村長之後，他讓我見識了一下地獄狼群。

嗯，不可能每一隻都取名字。

所以由我替牠取名。

我有先徵求村長許可，所以庫里奇也很開心。

庫里奇也會去其他村子，所以有時沒辦法見面，但是他到一號村的時候都會來打招呼。

我們和牠就是這麼要好。

馬可仕也都會乖乖照庫里奇說的去做……可是比我這個妻子講的話還要聽是怎樣啊？

移居已經過了一年。

冬天的寒冷，也因為柴火準備充足所以不用怕。

偶爾，會有從「大樹村」或其他村來的人巡視，因此也不需要擔心糧食。

當然，我們也不是窩在家裡玩耍。

我們會加工竹子，做很多小東西。

最讓我得意的是籃子。又輕又堅固。設計也很用心。

得把做得最好的獻給「大樹村」的村長才行。

年初播種已畢，我們也忙於每日的生活，轉眼間夏日將近。

對了、對了。

見過浮在空中的城嗎？

很厲害對吧？

真虧那麼大的東西能飛起來呢。

連那座城也是村長的東西，很嚇人吧？

啊，之所以突然提到浮在空中的城，是因為那座城的位置能讓人感受到季節。

冬天在北邊，春天在西邊，聽說是以「大樹村」為中心，每年轉一圈。

所以城偏南邊的現在，代表夏天快到了。

就在這個時候，村長有事要和一號村的移居者們談。

「夏沙多……是嗎？」

沒聽過的地方。

不過，好像是魔王國裡前幾大的商業都市，而且是港都。

據說我們偶爾會吃的魚，大半都是從那邊採買的。哦～

照村長的說法，好像是在那個夏沙多做生意的人，邀請他去那邊開店。

村長雖然想接受，卻沒有人能託付重任。
似乎就是因為這樣才找上我們。
因為我們會讀、寫、計算，也懂得禮儀。
雖然之前都沒有機會表現，但是村長知道這些，還是讓人覺得很開心。
還有，芙修大人。
謝謝您。

既然是村長拜託的，那就全力以赴吧！
需要暫時離開一號村？沒關係。
馬可仕也沒問題對吧？
在我們回答之前，其他人也舉手了。
大家應該都是一樣的心情吧。我們不能輸。
一大群人去也沒用，所以只取一對夫妻。
傑克雖然也志願前往，不過他是我們一號村移居者的領袖，所以自動排除在外。
剩下九對。
只好祈禱幸運女神會向我們微笑。

謝謝您，幸運女神。

如果這次開店順利，好像就能領到獎勵牌，我想用獎勵牌請村長製作幸運女神的雕像。

那麼，首先得前往夏沙多才行，所以要準備搬家……話是這麼說，不過我們幾乎沒有私人物品。

我已經告訴庫里奇，我們會暫時不在家……啊，拜託別露出那種難過的表情。我們一定會回來。

還要向一號村的其他人打聲招呼。嗯，我們會努力的。

我和馬可仕先前往「大樹村」。

在那裡作一個月的開店準備，或者該說上課。

村長明明很忙，但是他好像要親自教導我們。必須好好努力。

村長要開的店，是賣吃的。

不賣什麼複雜的東西，只賣一道料理。

這麼一來，重點就是那道料理了吧。

我做得出來嗎？

沒問題。

那是我們搬到一號村以後，每週都會做一次的料理。

原來如此，不愧是村長。

如果是那道料理，毫無疑問會大受歡迎。

…………

怪了？

那麼，我們接下來要學的是什麼？

僱用別人的方法？接待客人？衛生？稅金計算？

…………

要學很多東西，好辛苦。

馬可仕……嗯，他正在努力。

啊，之所以在上課期間搭熱氣球去浮在空中的城，是因為村長邀我們去轉換一下心情喔。

絕對不是去玩。雖然很開心就是了。

第一次在天上飛，感覺好棒……

有點冷耶。下次穿厚一點吧。

一個月的教學期結束，我們前往夏沙多。

由魔王國的大人物用傳送魔法送我們過去。

雖然早就知道村長很厲害，但是他真的好厲害耶。

這麼厲害的村長要開店。

我們絕對會達成任務！

馬可仕你懂吧？

很棒的笑容，不愧是我的丈夫。

話說回來……那個，村長，這是？

「開店的資金。沒錢會很困擾吧？」

話是這麼說沒錯……呃……

首先，感謝您信賴我們，願意託付這些錢給我們。

還有，再來就是……

這些裝金幣的袋子，馬可仕一個人抱不動。

夏沙多的物價，比我預期的還要高嗎？

還有，您準備的推車和大量農作物。

這是開店要用的食材對吧？

我們做得出這麼多份嗎？

不行、不行。

不可以洩氣。

就全部用完吧。
小意思啦，因為要做的是咖哩。
哼哼哼，它一定能擄獲所有人的心。

閒話　一號村的男性　馬可仕

我叫馬可仕。
是名男性。
偶爾會有人喊成馬庫士或馬卡士，但我不怎麼在意。
我還算有力氣，腳程也夠快，細膩的作業也算拿手。
儘管全都不是第一，但是在暗巷生活時，人家都說我萬能。
可是，在目前住的一號村裡成了樣樣通樣樣鬆。
不，或許更差。
讓我想再次為自己的無能嘆息。
不過，村長他……喔，村長不是指一號村的村長，而是「大樹村」的村長。
一號村沒有村長，而是由稱為「代理」的人擔任村長的角色。

言歸正傳……即使是這樣的我，村長也沒有放棄。他鼓勵我，說我只不過是還沒找到適合自己的工作罷了。

真是個好人。

而且他不但有力量，也有錢。還有很多位太太。

以前的我或許會因為羨慕而生氣，但是現在的我則會老實地感到敬佩。

村長就是這樣的人。

我甚至覺得，他應該可以過更奢侈的生活。

然而，村長比任何人都勤勞。真了不起。

可能就是因為這樣吧。

村長所在的「大樹村」，發展得非常興盛。

一號村也要加油，不能輸。

不過嘛，有人數差異所以沒辦法立刻追上……但是總有一天要做到！

就這樣日子一天天過去，某天村長有話要說，於是召集了大家。

要在夏沙多開店，誰能去那邊擔任負責人？

不是永遠搬過去住，而是預定輪替。

事情就是這樣。

大家明明連一號村都還沒住慣，實在很抱歉——村長向我們低下頭。
村長都做到這個地步了，不可能拒絕。
但是，我還有老婆。
要先和我老婆寶菈商量。
往旁邊一看，寶菈已經舉手了。
商量呢？
她的眼神不太高興，似乎在說：「你在幹什麼呀？快點把手舉起來。」

運氣很好。
抽籤決定由哪對夫妻前往夏沙多時，我和寶菈抽中了。
神啊，感謝您。
於是我和寶菈準備前往夏沙多。
不是搬過去長住，所以自家維持原樣。
樹精靈們會幫忙管理。

我以為準備完畢後，就要直接前往夏沙多，但是沒有。
好像要先在「大樹村」上課。

確實，仔細一想，我和寶菈沒有經營店鋪的知識。

不愧是村長。

然後那家店是……餐廳？

我和寶菈的手藝可是只有普通水準喔。

要僱用廚師嗎？

只賣一種料理？

啊，原來如此。

賣咖哩的店嗎？

如果是這樣，我和寶菈也會做，而且可以靠配料弄出變化，不容易膩。

感覺行得通。

不過這麼一來，我們要學什麼啊？

我和寶菈帶著大批行李抵達夏沙多。

因為是用傳送魔法移動，感覺一出「大樹村」就抵達了。

如果要問有什麼不滿，大概就是想多體驗一下旅行的感覺。

不，別想太多。

比傑爾大人，感謝您用傳送魔法送我們。

麥可大人，感謝您特地出來迎接。
不好意思，我想先找個地方放貨物……
我還來不及說，麥可大人的部下已經幹勁十足地把東西搬進倉庫。
好像還有人輪流看守。
這時應該說……謝謝？

正當我以為要開始討論短期內的計畫時，有客人來了。
似乎是夏沙多的代官。
這個城鎮算是魔王國的直轄地。
所謂代官，就是這裡地位最高的人。
不過，對方身段放得很低，沒有瞧不起我們的樣子。
讓人很有好感。
他很在意我和寶菈穿的衣服是在哪裡做的……該不會對流行時尚有興趣？
這是座布團大人親手做的，不能出讓。
這麼說來，村長有交給我們一些說是用來打招呼的布料。
現在周圍有人不太方便給，晚點請麥可大人轉交吧。
雖然應該沒什麼機會和代官大人見面，但還是希望能打好關係。

那麼，目前暫訂今明兩天要先在夏沙多觀光。

抱著作客的心態到處看看。

不是放鬆。

首先要了解客人的觀點。

這是村長的指示。

同時也要調查行情。

原本該以咖哩的材料費加上人工費當成定價，但是村長說，如果定出來的價格與市價相差太多就不好了。

好像太貴或太便宜都不行。

雖然相當難，不過村長交代，暫時就先把價格訂得比在街上吃午飯的平均花費稍微低一點。

所以我們才到外面吃飯……但是觀光期間的飲食花費，麥可大人派的嚮導全都先替我們付了，所以完全不曉得價格。

「請別在意。這都是會長交代的。」

而且，吃飯的地方感覺都很高級。

這個嘛，味道還是「大樹村」的比較好……但我知道這種話不可以說出來。

只是原本有一點期待，所以有一點失落。

很快我就懷念起村裡常用的醬油和味噌了。
若要說收穫，就是我肯定咖哩在這裡也會受歡迎。
麥可大人帶我們到要開店的地方。
人潮還算多的四個轉角之一。這裡有一片兩百公尺見方的大空地。換算成村長的田……差不多十六塊吧？
「所以，店要開在哪裡？」
「就是這裡。」
麥可大人指著空地的邊角處，街角緊鄰路口的位置。
「這裡嗎？開在這麼好的地方？」
「畢竟是我拜託你們的，當然要準備這種地段囉。」
「這樣啊。」
人流充足。周圍……店家很多。
不過，只有這一角是空地，感覺有點冷清。
原來如此。
可能是有什麼發展這塊地的計畫，希望我們打頭陣吧。
非得努力不可。

「建築部分會由我們負責蓋好。既然是賣吃的，火就是關鍵了對吧。」

「是的。還有水。」

「我知道了。這裡離海很近所以水井不多。幫你們拉一條飲用水的水道吧。」

「那就麻煩了。」

我對建築不太了解，所以交給麥可大人。

這部分我和村長已經說好了。

我必須去忙我做得到的部分——開店準備。

首先是僱人。

雖然有我和寶菈應該夠了，但是村長交代過，一定要僱用當地的人。

似乎是為了避免一些麻煩。

我們在夏沙多沒有熟人，這部分是不是也該拜託麥可大人呢？

不，不可以什麼都拜託人家。

自己多少得有點行動。

嗯？寶菈？她們是？

老婆帶了大約十個女孩過來。

……預備員工是吧。

了解。

村長有講過所以我想妳應該知道，不能用這副模樣在店裡工作，所以先讓她們去洗個澡。水和柴火的錢我們出。

擦身體的毛巾……去買吧。

新衣服也要對吧。我知道了。

我和寶菈在麥可大人安排好的旅店過夜。

帶十來個預備員工進去實在不太好意思，所以我們隨便找了間旅店讓預備員工過夜。

村長交代過，員工的補助要給得夠多。

某些情況下還要替他們找地方過夜。

難道說他早就料到會有這種事了嗎？

不愧是村長。

雖然我們有帶廚具和餐具之類的東西過來，但還是有缺。

我拜託寶菈把不夠的分量買齊，自己處理些雜事。

寶菈帶來的預備員工，應該和以前的我一樣是生活在暗巷吧。

不過，就我從麥可大人那裡聽到的，這個城市好像有管理這種孩子的組織，會供他們工作和吃飯。

我想這部分寶菈應該沒注意到。

所以要和人家談一談。
提到那種暗巷領袖，就會讓人聯想到充滿暴力的世界……
不過交涉過程和平得令人吃驚。
……
原來也有這種城鎮啊。

魔王國。
我到一號村之前，都還以為這裡充滿窮凶極惡的魔物……看來並不是呢。
雖然有個性的人比人類國家來得多了點。
沒什麼啦，還比不上「大樹村」。

好啦，在房子蓋好之前，必須處理的事還很多。
我借了住宿地點的廚房和庭院，試著做咖哩。
村長給了幾個和開店有關的課題。
首先是讓味道穩定。
這點只能靠次數累積。
接著是把在夏沙多買得到的東西加入咖哩。
這部分在觀光時已經有眉目了。

用海產做海鮮咖哩。這應該是最佳選擇。
但是不能急，要先試過再說。
村長提醒過，對自己太有信心很危險。
最後，就是要讓夏沙多的居民高興。
來開店是因為麥可大人的邀請，話雖如此，卻不代表人家希望我們擺出一副傲慢的態度。村長交代，要記住自己是到人家的地盤打擾。
這點要謹記在心。
…………
話說回來，從剛剛起就在看我們這邊的那些人是誰啊？
旅館的員工……不止，連住宿的客人也有。
全都看著我手邊——
剛完成的咖哩。
雖然燉得還不夠透，飯也還沒煮……
用旅店的麵包就行了吧？
「如果想嘗嘗看，就拿麵包……」
我還來不及說完。
看來不愁沒人試吃啊。

十天後。

麥可大人找我過去。

說是店的外觀已經好了，想討論內部裝潢。

…………

……………………

………………………………………………

原本兩百公尺見方的空地，蓋起一間很大的店。

好大。

真的好大。

大得會讓人嚇一跳。

明明是平房，屋頂卻很高。

差不多有一般的兩層樓住家那麼高。

儘管如此卻沒有牆壁，屬於開放式。

從哪邊都能進是吧？

由於沒裝潢，所以支撐屋頂的柱子很顯眼。

還有廁所。

姑且還是有道牆避免座位區的人看見，用意在這裡啊。
然後是店的中央是櫃檯和廚房……
我第一次看見單邊三十公尺的櫃檯耶。
用這個圍成正方形的櫃檯啊？
然後呢，櫃檯相對於店的四邊錯開成四十五度角。
原來如此。
為了讓櫃檯內的人視野盡可能寬廣一點吧。
也有留員工出入的通道。
水是從沿著屋頂規劃的水道流進來嗎？
好厲害啊。
廚房裡有個大房間，是食物倉庫。
連休息室、更衣室與員工用的廁所也有啊？
原來如此、原來如此。
在廚房用火時的煙……會往上被煙囪吸到外面……而且設計成下雨時也不會有問題。
我想也是。
有一部分像是魔法道具……
呃……確認一下吧。

嗯，確認很重要。

「麥可大人。」

「『大人』就免了。請叫我麥可。」

「呃……那麼麥可先生。」

「有什麼事嗎？」

「這整個都是我們的……『大樹村』的店嗎？」

「哈哈哈。」

被笑了。果然。

幸好沒有操之過急。

我們只是借用這間廚房的一角而已。

嗯，想必是這樣。

「在商工會的協助下，預定對面也會成為『大樹村』的店。剩下的街角位置也在交涉中……將來應該這條路的四個街角地段，全都會是『大樹村』的店。」

「……」

「還有呢，這家店的隔壁……應該說道路的另一邊。對，就是還在蓋的那裡。那邊不是店，而是要當成馬可仕先生你們的住處。旁邊則是員工用的宿舍。」

…………

…………………………怪了？

村長，原本在我想像中是個小小的店面耶。

村長應該也是這麼想的吧？

我記得當初說的是……只比攤販好一點？

接待客人的模擬訓練時，也說客人頂多就十個左右對吧？

是不是不太妙呀？

不、不行，不是發愣的時候。

應對。

…………回想村長說的話。

不要逞強，也不要亂來。

…………嗯，就算店面很大，也不見得會客滿。

不要慌。

不愧是村長。

連這種事都料到了嗎。

啊！對了，之所以要我把那個帶來，就是為了有效利用這種寬敞空間啊！

原來如此！

再次令我認識到，真不愧是村長！

很受「大樹村」小孩歡迎的迷你保齡球。連大人都會玩到入迷。

如果有這種空間，就能擺好幾個球道。

雖然只帶來了三組……對了！

讓這個城鎮的人製作對吧。我明白了。

很好。

首先是把店分成四個區域。

因為各自有櫃檯，所以很好分。

東北、西北、東南與西南。

東南區面向大路的路口處，所以這裡是餐飲區。

把桌椅擺在這裡。

即使分成四塊，空間還是相當寬敞呢。

東北區劃為遊戲區，擺迷你保齡球。

這裡雖然也有桌椅，不過要比餐飲區少一點。

設計成以迷你保齡球為主的感覺。
一開始就只讓這兩個區域運作吧。
畢竟不知道會有多少客人進來嘛。
只擺了桌椅的空蕩蕩店鋪，顯得很冷清。
我這麼告訴麥可大人……不，麥可先生，下達內部裝潢的指示。
連地下室也有啊？真厲害。
咦？還有能夠移動到住家預定地的地下通道？哦、哦～

總而言之，拜託寶菈追加員工吧。
雖然應該不至於那麼忙……但是一想起試做咖哩時的狀況，就讓我感到不安。
還是小心為上吧。
廚具、餐具……想多弄一些，卻又怕用不到。
雖然村長說儘量花，但也不能浪費他交給我們的錢。
「這麼說來，麥可……先生，買地和蓋房子的費用……」
「已經向村長先生拿了，稍後會把權狀送過去。」
「……」

我叫馬可仕。

在即將開張的店擔任代理店長。

問我為什麼是代理？

因為店長是村長。

像我這種人扛得起代理的重責大任嗎？

非得努力不可。而且，絕對不能傷到村長的名聲！

閒話 夏沙多市鎮的戈爾迪

我叫戈爾迪。

身為夏沙多的地方角頭，自認還算有點名氣。

話雖如此，但並不是整個夏沙多的地下社會都歸我管。

算是承包商的承包商吧。

不過，雖說是承包商的承包商，好歹部下也超過五十人，勢力相當龐大。如果把沒有正式加入的部下也算進來……就有兩百……不，可以到三百。

所以，我有時會覺得，是不是該往上爬了。

這樣的我接到了聯絡。

許多在暗巷生活且由我保護的女孩子受到僱用。

這是怎麼回事？有人僱用她們固然值得開心，然而替她們介紹工作是我的工作。

因為要是不好好確認，不曉得人家會怎麼對待她們。

在這個夏沙多，沒有會破壞規矩的蠢蛋。

會破壞規矩的，都是不懂規矩的外人。

原來如此，是通知裡那些人啊？

雖然人家交代過別出手，但是我也有面子要顧。不好好照規矩來可不行。

雖然很想立刻登門拜訪，不過那些傢伙住在很高級的旅店裡。

護衛也很有本事。

過去大概也見不到面吧。這麼一來，就要挑他們在街上閒晃的時候。

我派了幾個部下去盯著。

…………

馬上就回來了。說是被很恐怖的人威脅了。

…………

喂喂喂，我說你們啊。

就算是向來溫柔的我也會火大喔。

那個威脅你們的傢伙和我，哪邊比較恐怖？

咦？對方？

我就在你們眼前，說這種話居然毫不猶豫？實在是有點傷人耶。

啊，對方恐怖到根本沒得比嗎？

原來如此……我知道了。今天就先回去休息吧。放心，我沒生氣。抱歉，不該拜託你們做些奇怪的工作。

…………

好，把這件事忘掉吧。

隔天。

通知裡的其中一人來拜訪我。

嚇到我了。完全沒料到。

我慌張地打算召集部下，卻想到一大早的緊急召集幾乎把所有人都叫走了。

好像是有什麼要趕工蓋的房子。

不止我們這邊，周遭一帶手邊有空的男人都趕過去了。只剩下五個十歲左右的女孩……

嗯，我知道妳們想保護我，但是拜託不要。這樣實在不太好看。

就算妳們不這麼拚命，也有可靠的看門狗在嘛。

咦？散步中？

…………

真、真沒辦法。假裝不在吧。剛剛已經回應了所以做不到？也對。

……唉。

我之所以沒參加一大早的緊急召集，是因為擔心被眼前這個男人僱用的女孩們遭到虐待，所以徹夜找人。

雖然想忘記這回事，卻忘不掉。

好不容易找到她們，從她們口中確認待遇沒問題之後，我才鬆了口氣稍微睡一會兒……這下子完全醒了。

好，首先要思考。

對方的來意是什麼？昨天我偷溜進去的事穿幫了嗎？來報復的？

如果是這樣，就不會光明正大地上門了吧。

想也想不通。既然想不通……就全力嚇唬他吧。

只要曉得我有多可怕，對方應該就不會亂來。

我拿用打磨鐵板做成的鏡子確認自己的長相。

很好，夠可怕。

「真虧你敢來啊。」

我盡可能把音調壓低。

哼哼哼。

對方怎麼看都是個普通人。

搞不好會嚇到哭出來。

…………

為什麼？

對方很正常地問候我。

我不可怕嗎？

咦？是為了僱用在暗巷生活的女孩們一事來打聲招呼。

啊，您真是客氣……

如果可以，希望能讓我確認僱用條件之類的……

在回答之前先問一聲，我的臉怎麼樣？不會覺得可怕嗎？

就算說「有可愛之處」這種恭維話，我聽了也不會高興啊。

…………

可是，他真的不怕。

該不會，這個男人……

其實相當強？

…………

要確認一下。

如果有登錄為冒險者就能用階級判斷，但是昨天我已經確認過他沒登錄。

這麼一來，只能靠我最近用的強度判定法。

透過對於特定問題的反應，了解對方有多強。

靠著這招，讓我多次避開危險的對手。

對於這個運用已久的自保方法，我有絕對的信心。

「話說回來，你知道在夏沙多這裡有舉辦武鬥會嗎？」

「是這樣嗎？我都不知道耶。」

男子沒聽過武鬥會。

換句話說，這人並不覺得自己有多強。

不，別慌。他才剛來這個城市。

「如果曾經在野外對付過魔物，也可以試著參加看看喔。」

「啊……魔物就有點……人家警告過我，暫時還不要一個人去應付。」

……暫時還不要一個人？

換句話說還沒出師？

很～好、很好，普通人。

他是個普通人的機率大幅上升。

意思就是不需要畏懼他的武力吧。

「這樣啊，真遺憾。」

「哈哈哈。唉呀，來這裡是為了做生意嘛。」

很好，確定了。

他是普通人。

再來……就是警告他別去戰鬥的傢伙吧。如果有很厲害的護衛就麻煩了。

「那個提醒你別去戰鬥的人怎麼樣？如果他對自己的本事有信心，要不要建議他參賽？其實我也負責募集這種參賽者。」

完美，話題帶得很完美。

好啦，會怎麼回答呢。

「沒辦法，他還在村裡。下次見面時我會告訴他。」

「這樣啊，那還真遺憾。」

很好，太好了。

沒問題。

啊，有問題了。

人家交代過，不可以對戈隆商會的客人出手，包含他在內。

…………

為什麼不可以出手啊？

呃，我也沒打算出手就是了。

啊，這次接觸是對方主動過來，應該沒關係吧。

…………

怪了？昨天威脅我部下那個很恐怖的人是誰？是之前聽說的另一個女性嗎？

「武鬥會啊……如果是達尬先生和格魯夫先生，應該很樂意參加吧。」

…………

「格魯夫？」

「嗯？你認識格魯夫先生？」

「該不會是獸人族？犬系的？」

「啊！這麼說來，之前格魯夫先生說他來過夏沙多呢。或許他當時就曾參加武鬥會。」

…………

他說的格魯夫，是那個格魯夫？不但把在街上囂張的那些傢伙全部趕跑，還拿一把木劍就贏得武鬥會優勝的活武神格魯夫？

真的嗎？雖然細節不清楚，但他可是人稱魔王國第五位四天王的格魯夫喔？

居然是格魯夫的熟人……

「你和格魯夫較量過嗎？」

「我嗎？哪可能啊，頂多陪他練習啦。不過嘛，會被他痛打就是了。」

…………

希望向格魯夫學劍的人多到數不清，連貴族都有……

假如警告他「不要一個人戰鬥」是以格魯夫為標準，就不能大意了。不，幹活啊！我的本能！眼前的男人很危險！絕對不能與他為敵！一定要從頭陪笑到尾！還有，應該不會再見面了吧！僱用的女孩們就拜託您關照了！

客人要回去時，養著當看門狗的魔犬正好散步回來。

糟了。魔犬碰到不認識的人會叫，有時候還會咬上去。

牽著魔犬的是女孩子，要是他大意……不用擔心。

真奇怪。

無論碰到什麼人都不退縮的魔犬，對他露出肚子。

居然全力諂媚人家。還露出連我都沒見過的表情。

「好可愛的狗啊。我來這個城市之前，也和狗混得很熟……啊，是狼才對。」

他說的狼，是不是長得比魔犬還恐怖啊？

還是別去想吧。

客人名叫馬可仕。

奪下我心目中危險度排行榜第一名的男人。

絕對不能和他扯上關係。

我原本這麼想，結果才過十天就見面了。

啊，嗯，又不透過我直接僱用暗巷的女孩了呢。

不不不，既然有來打招呼就沒關係啦。

哈哈哈。

僱用條件和之前一樣。

那個，只需要女生嗎？也有男生喔。

不久之前他們還在更大的工地幹活，那邊已經忙完了……

喔，那棟巨大建築，原來是馬可仕先生的店呀。

哈哈哈。

有需要的時候再請你來找我喔。

當然，說說而已。

明明只是說說而已，為什麼又來了。
需要人手？我知道了。
這回連男生也要？這當然求之不得，要幾個？
……如果是這個人數，我這邊的暗巷組就空了耶。
感激不盡。
有什麼需要幫忙的地方請告訴我。
這可不是說說而已喔。

人家找我過去了。
雖然說了有什麼需要幫忙的就找我，但他還真是不客氣。
我也沒打算反抗，就乖乖地去他的店了。
現在，夏沙多最熱門的巨大店面。
大家都迷上了店裡那種叫「咖哩」的食物。
所以大排長龍。
暗巷組的孩子們，穿著整齊劃一的乾淨服裝，就像在鑽縫隙似的忙進忙出。
大家真是努力啊。

然後呢，之所以找我過來，是希望我幫忙維持秩序。
說得簡單一點就是整隊、制止吵架的人之類的。
我在夏沙多還算有點名氣耶。
算了，工作就是工作。
啊，這隻魔犬的繩子可以繫在這邊嗎？因為照顧魔犬的也被僱用了，所以不能把牠留在根據地。
然後啊，可不可以也讓我吃吃看那個叫咖哩的東西？晚一點也行。
居然這麼香。

閒話　暗巷女孩　波緹

我叫波緹。
在暗巷生活的女人之一。不過嘛，才十二歲就是了。
身體……接下來才要發育。到時候胸部一定也會變大喔。
我和寶菈小姐的相遇，是個偶然。
領日薪的搗藥草工作上午就結束了，所以我打算先回去睡覺，卻在這時被她叫住。

問我能不能帶她在這附近走走。
太好了，有工作。
但是，不能立刻上鉤。我可不想白白當導遊。
我心想：「來，交涉吧。」結果寶菈小姐很好溝通。
她很了解在暗巷生活的我們嗎？
我握著她付給我當訂金的硬幣，開始為她介紹。
寶菈小姐想知道的，不是大馬路上的知名店家，而是暗巷的小店與地盤劃分。
簡單來說，就是在這座城市的陰暗處該注意些什麼。
原來如此。不是同情我穿得窮酸，而是認為我有辦法回答。
若是能回答的範圍我就回答。
那種會讓我有危險的可就不能說了。
我奉陪了差不多三個小時後，工作結束。
不但又拿到了硬幣，她還順便請我吃攤販賣的烤肉串。
真是個好人。
而且今天有臨時收入，真是幸運的一天。
在回到睡覺的地方之前我都是這麼想的。

究竟發生了什麼事，我完全無法理解。

我睡在公營資材堆放處靠裡面的地方，這幾年都沒有資材出入。

所以和我一樣在暗巷生活的人，有很多住在這裡。

管這裡的戈爾迪先生，規定資材堆放處是女性專用，所以能夠安心睡覺。它就是這樣的地方。

許多陌生的員工把資材搬走，還有人在旁邊當警衛。

換句話說，眼前的不是暴動或者有人來偷東西，而是正當的工作。

每當資材搬出來，就有住在裡面的人被趕出來。

天馬上就要黑了。

不行。

不是發呆的時候。

必須聯絡戈爾迪先生。

即使聯絡戈爾迪先生也沒用。

好像是代官大人的指示。

沒人能夠違抗。這下麻煩了。

但是，代官大人似乎也知道資材堆放處成了我們睡覺的地方。

雖然只有帳棚，但他至少為我們安排了睡覺的地方；雖然東西不好吃，但他至少還是替我們準備了早餐和晚餐。

不過，終究沒辦法永遠這樣。

食宿只提供一個月。

在這一個月裡必須想辦法解決。

戈爾迪先生似乎也在幫我們找新地方……但是好像沒辦法馬上搞定。

該慶幸不是在嚴冬被趕出來嗎？

明天得努力找工作和新的睡覺地方才行。

我原本以為不會再見到寶菈小姐，但是並非如此。

看見在商店挑東西的寶菈小姐之後，我認為不能放過這個偶然，向她搭話。

我想她說不定能給些事情做。

就算只是提行李也沒關係。雖然我是女的，不過自認還算有力氣。

這或許就是命運的分歧點。

為了爭取工作，我把目前的處境講得稍微誇張了點，於是寶菈小姐一臉正經地問我：

「工作只要今天有就好？還是希望一直都有？」

那還用說，當然希望一直都有。

「這樣啊。那麼，服務生……就是在店裡把料理端給客人以及整理桌面的工作。做得來嗎？會很辛苦喔。」

辛苦？不管是辛苦還是怎麼樣，只要能一直有工作，我都不介意。

當然，薪水會好好付吧？寶菈小姐點點頭說：「那當然。」不過，由於暫時還是實習，所以給不了太多。

這麼說也對。就算我自認會努力幹活，正常來說還是不可能馬上就領滿一人份的錢。

這不是寶菈小姐吝嗇，而是常識。

畢竟我是處於讓人家教導的立場。沒道理和可以好好把工作完成的人領到一樣多的錢。

不過，她說工作時間會供我吃的。寶菈小姐果然是個好人。

我一個人獨占這樣的幸運好嗎？

一想到同樣處境的其他女生，就讓我有些愧疚。

不，這是個錯誤。

只要我努力工作，建立起讓其他女生容易被僱用的環境就好。

這份決心白費了。

「妳還有同伴吧？帶她們過來。」

寶菈小姐難道是女神嗎？

我找上原本睡在資材堆放處的那些女生。

因為男生比較容易找到工作嘛。
不好意思，這回女生優先。
包含我在內，一共十人。
會不會多了點呀？不過，真的太多再說。
只要能讓寶菈小姐記住長相就好。
所以，大家都要先洗臉再過去喔。
…………
寶菈小姐看到我們連眉頭都不皺一下，直接全部僱用。
感激不盡。
之後，我們又向寶菈小姐的丈夫打招呼。
看起來很親切……怪了？站在他旁邊那位，是戈隆商會的大人物？不會吧。

寶菈小姐給我們的第一個命令是洗澡。
有那麼髒嗎？不行？
我用溼毛巾擦身體擦了三次。上一次洗頭髮，真的是很久以前了呢。
再來是洗一直以來穿的衣服。
洗衣的時候我們則用毛巾裹著身體。

嗯，很糟。不管洗多少次都有汙垢。
繼續洗下去會弄破，該怎麼辦呢？和寶菈小姐商量之後，她替我們準備了替換的衣服。
穿這麼漂亮的衣服行嗎？
奇怪？這麼多件穿不完呀？明天的衣服？明天的衣服是什麼意思？
……
我嚇到了。
原來衣服每天都要換呀。

這天做了很多事。
不是幹活，應該是在確認我們的能力。
識不識字、會不會寫字、會不會計算、懂不懂怎麼打招呼，以及知不知道怎麼買東西。
我差不多認得出三十個字，但是寫和計算就不行了。
不會的事一堆，大家開始擔心寶菈小姐會拋棄我們。
但是，寶菈小姐替我們安排了美味的餐點。
而且，還是在很體面的店。
儘管曾經靠近這家店的後門，卻沒有以客人的身分進去過，因此我很緊張。
店裡有菜單，但是上面都是些看不懂的字，所以全交給寶菈小姐。我雖然看不懂，但是知道旁邊標的價格很貴。
其他人也學我。
東西好好吃。
沒想到世界上有這麼好吃的東西。回過神的時候，盤子已經空了。
誰把我的份吃掉了？應該沒有吧。單純是我只顧著吃而已。
早知道就慢慢吃，好好品嘗它的味道。

吃完飯之後，寶菈小姐要我們上課。
好像有很多東西必須記住。
這天學到的知識和錢有關。
教我們的老師是寶菈小姐的熟人嗎？這人也和戈隆商會的大人物很像耶……
這種人哪可能來應付我們嘛。
金幣、銀幣與銅幣。
我第一次看到金幣。閃閃發光，好漂亮。
銀幣在戈爾迪先生那邊看過。雖然沒摸過就是了。
銅幣我很熟。
銅幣和其他硬幣不一樣，分成大銅幣、中銅幣和小銅幣。

一般說到銅幣時，指的是中銅幣。
小銅幣又叫稅金銅幣，會用的大概只有官員。
我們拿到小銅幣的時候，也是湊十枚換中銅幣。
小銅幣和中銅幣兌換不用手續費，但是兌換其他硬幣就要付手續費，兌換商很奸詐對吧。
如果不計算手續費……十枚小銅幣換一枚中銅幣，十枚中銅幣換一枚大銅幣。一枚中銅幣應該能買到一塊大麵包吧。如果是我，可以吃一餐……不，兩餐。是一筆大錢。
像街上的攤販，價格通常是中銅幣一枚到三枚。
酒應該也是一枚中銅幣買一杯吧。雖然我沒買過就是了。
上面這些雖然連我也知道，一百枚大銅幣換一枚銀幣我就不知道了。
一百枚銀幣換一枚金幣。
換句話說，金幣一枚就是中銅幣……呃……很多枚。
在旁邊一起聽的寶菈小姐，告訴我是十萬枚。
不愧是寶菈小姐，連計算都會。
咦？我們也學得會？怎麼可能嘛。
這天真的發生好多事。
天色變暗所以我準備回去，但是寶菈小姐替我們安排了住宿的地方。

她說，穿得漂漂亮亮回去很危險吧？
這麼說來確實沒錯。
如果睡在之前的地方就不會有男人靠近，但是現在不一樣。
雖然應該沒有壞人，但還是要好好保護自己才行。
咦，不是這樣……看看自己的模樣？
什麼意思呀？她二話不說就把我們推進宿舍了。
兩人一個房間。難以置信。
以這種大小來說，把十個人全都塞進來也沒什麼好奇怪的。
這張床……可以睡在上面嗎？

因為發生好多事，所以我不小心忘了。
應該要聯絡戈爾迪先生。
讓你擔心了呢。真的很抱歉。
所以，拜託你不要突然冒出來。
戈爾迪先生是個好人，缺點就是長得太恐怖了。
人家都說，連哭泣的小孩看到他也會安靜下來。
我原本以為已經習慣了，但是出其不意還是沒轍。特別是睡到一半被叫起來的時候。

我還以為會就這樣一睡不醒。
同房的女生……睡得很熟。
不把她叫醒嗎？
只要我醒了就好。這樣啊。
我向戈爾迪先生說明自己和寶菈小姐之間的事。
戈爾迪先生似乎是因為擔心我們，才會偷偷溜進宿舍。
謝謝你。
真的很抱歉，忘記跟你說一聲。

第二天起，我們正式開始上課。
原來昨天的還不算正式啊。
以前不知道的事，人家接二連三地教給我們，連驚訝的時間都沒有。
幾天之後，就算還不能讀寫，也認得出簡單的詞了。
比較簡單的加減法也沒問題。
為了不讓寶菈小姐失望，大家都很努力。
原本以為上課到這裡就會結束，不過還會繼續下去。
嗯，我會努力。

然後呢，要做的事也變多了。我們的工作，是把餐點端給客人。

所以要學很多……怪了？不用練習端盤子嗎？

我們學的，是聽完客人點餐後轉告後臺，還有負責收錢。

我們可以碰錢嗎？

「有人想因為偷點小錢被趕出去嗎？」

怎麼可能有嘛。

雖然上課很辛苦，但是待在寶菈小姐這裡，就不用擔心吃飯和睡覺的問題。

薪水也高到讓人覺得會不會拿太多了。

寶菈小姐為了避免我們不安，薪水是每天發。

雖然十天之後，我就因為身上錢太多而感到害怕，把錢交給寶菈小姐保管了。

人家把我們帶往工作地點。

我嚇到了。

首先是地點。

就是以前我們睡覺的資材堆放處。

那邊蓋起一棟大房子……還是該說有了屋頂比較好？

之前聽說男生們去參加某項大建設，好像就是這裡。

整個地方，都是寶菈小姐她丈夫的店。
我們要在這裡工作？真的？
即使走進屋裡，也不會覺得暗。
雖然有採光的窗戶……但是沒窗戶的地方也很亮。
那是魔法的光嗎？
內部裝潢已經搬進來了。
剛做好的桌椅，每張都很漂亮。
大量的餐具我懂，但是這張板子呢？啊，把料理放到板子上端給客人是吧。
雖然我們沒練習過怎麼端就是了，這樣沒關係嗎？
……
讓客人自己端？這是怎麼回事？
我們穿上同樣的圍裙開始工作。
大家站在櫃檯，聽完客人點餐後告訴後臺，收取費用。
和練習一樣。還沒有失敗過。
但是，讓人好驚訝。

客人居然是來櫃檯點餐，然後就這麼端著料理到位置上坐下。

這裡是這樣的店嗎？

雖然覺得很怪，不過聽到寶菈小姐說「只是把攤販變得大一點而已喔」之後，我就懂了。

雖然是間很大的店，不過做的事確實和攤販一樣。

原來如此。

好厲害的想法啊。

但是，如果不這麼做大概應付不來吧。

畢竟客人多得很誇張，就像整座城市的人都聚集過來一樣。

不久之前，寶菈小姐他們還擔心只靠我們不夠，又多僱了約二十個人。

當時我覺得「實在太多了吧」，結果還是不夠。

之後又僱了其他人，現在已經差不多有兩百人。

就連之前照顧我們的戈爾迪先生，也被找來幫忙。

不過嘛，會擠成這樣也是能理解啦。

畢竟是寶菈小姐和她丈夫做的料理——

咖哩。

在店舖開張之前，他們讓我吃過好幾次，真的很好吃。

第一次吃的時候，雖然覺得很辣，卻不知為何停不下來。

米飯這種奇怪的食物也好好吃。
不過，這些米飯似乎很貴重，變成用來招待特殊的客人了。
一般的客人則是請他們配麵包吃。
即使這樣還是很好吃，所以儘管一份咖哩賣到五枚中銅幣那麼貴，客人還是不停上門。
我個人覺得，一份咖哩就算賣到二十枚中銅幣應該也沒關係。
不過，這麼一來會變得連我們都很難吃到吧？嗯～真麻煩。
唉呀，不好。
得努力工作才行。

包含我在內的兩百人，由於僱用的時期先後不一樣，所以還沒辦法每個人都做一樣的工作。
寶菈小姐說，要讓大家都能做到一樣的事。
不過，目前會先分派固定的工作。
工作分成在櫃檯接受點餐的、從廚房將料理端到櫃檯的、回收桌上餐具的、清洗回收餐具的，以及整理點餐隊伍的。
為了區分我們和客人，大家全員都穿上一樣的圍裙；不過，其實在櫃檯接受點餐的人都會穿上同樣的制服。
制服感覺就像把貴族宅邸的女僕裝改得稍微可愛一點。

大家都努力想穿上這件制服。
負責在櫃檯接受點餐的我，穿著制服時會有種小小的優越感。
不過，這種優越感每七天會消失一次。
寶菈小姐和她的丈夫，不知為何不讓我們連續工作七天以上。他們說，每工作六天就要休息一天。
而且，明明是休息日，卻還是會發薪水。
為什麼會這樣讓我很疑惑，結果好像是村長的命令。
村長就是寶菈小姐和她丈夫的雇主。
非常了不起的大人物。
偉大到寶菈小姐和她丈夫總會把這件事掛在嘴上。
所以我沒有違抗。
工作六天之後，會乖乖休息一天。
雖然不幹活卻能領錢讓我坐立難安就是了。

問題解決了。
因為我有了顧店內遊戲區的工作。
玩遊戲區的迷你保齡球免費。
所以在這裡工作賺不到錢。

換句話說，就等於沒有幹活。
雖然有些牽強，但我就是這樣說服寶菈小姐和她丈夫的。
與其說是我說服他們，不如說除了我以外還有很多不想休息的人吧。
於是我們會在餐飲區工作六天，然後在休息區工作……玩一天。
「這就教你們迷你保齡球的玩法。首先，不可以用蠻力丟喔。」
迷你保齡球的技術想不變好也很難。

這裡真的是個好職場。
不過，也不是完全沒有不滿之處。
那就是每天的晨會。
寶菈小姐的丈夫會來到排好隊的我們面前，接著開始報告。
「早安。首先是報告，昨天店內發生兩起糾紛。雖然戈爾迪先生很快就把事情擺平了，但是你們千萬不要想只靠自己解決。有事就拜託政府派來的警衛們。絕對不可以受傷。」
「好的。」
「另外，今天有兩人因為感冒而休息。班表會有些調整，請各自重新確認。」
「好的。」
「身體不舒服還肯工作令人很感激，但是不可以這麼做。請老實告訴我們。」

「……」

「回答呢？」

「好、好的。」

「那麼，今天的精神喊話！櫃檯組的一號，向前！」

「好、好的！」

被寶菈小姐丈夫叫到的女生往前站，向大家喊話。

「歡迎光臨！」

我們也大聲重複。

「歡迎光臨！」

列隊聽寶菈小姐丈夫打招呼和報告，還有精神喊話，我對這些沒有不滿。

不滿在於寶菈小姐丈夫最後的結語。

「那麼，今天也要為了村長好好幹活喔！」

我想為了寶菈小姐幹活。

日後。

村長大人來訪，讓我知道他有多厲害。

嗯，很多事都能接受了。

1 大樹村的村長

「不好意思，敝人名叫火樂。請問麥可先生在嗎？」
我盡可能客氣地詢問店裡的人。
「抱歉，麻煩你等一下。我去問問。」
店裡的人往內走。
我問旁邊的格魯夫。
「是這裡沒錯吧？」
「嗯。上次過來的時候，他們就是帶我到這裡。」
現在的格魯夫，臉上用布纏著，還以斗篷遮住身體。
好像是之前在這個城市的武鬥會拿到優勝，變得相當有名。
原本他對這點不怎麼在意，結果一踏進城市，居民就團團圍住格魯夫，還因此起了爭執，讓我們不得不撤退。
他還真受歡迎啊。
不過嘛，「跟我打一場」和「我有一門好生意喔」之類的勸說也很多……

重新踏入夏沙多時，格魯夫已經換成了現在的裝扮。儘管非常可疑，卻沒有釀成先前那種騷動。

我起先很疑惑，然後發現類似裝扮的人還不少。

似乎是冒險者。原來如此。

「喂～抱歉啊，好像還是沒有。」

店裡的人好像幫忙找過了，但是沒看到人。

麥可先生的生意做得很大，會不會在別的店呀？

沒辦法，改天再來吧。

我離開「大樹村」，來到夏沙多市鎮。

目的是送追加食材給馬可仕和寶菈負責的店。

不久前，始祖大人聽到開店的事之後，聽說跑了一趟夏沙多。

馬可仕和寶菈似乎都過得很不錯。

不過，聽到的狀況和預期的相差很大，讓我相當困惑。

生意興隆這點很好，不過多得誇張的員工是……

店裡的生意比我想的還要好，會不會很辛苦啊？唉，畢竟沒有機械化嘛。考慮到全都要靠人力，多僱些員工也是不得已吧。

到夏沙多拜訪的始祖大人，帶回了馬可仕的信，上頭寫著希望可以補送些食材過去。

我一直認為非得去看看狀況不可，所以把握這個良機，開始作遠行的準備。
始祖大人會送我，所以和出遠門的準備相比，準備追加食材還比較麻煩。
我起先覺得不需要同伴，但是露她們堅持要有人陪，所以我接受了她們的意見。
但是，夏沙多是個普通的海港城鎮吧？那裡不安全嗎？啊，周圍有魔物是吧。原來如此。

決定同伴。
用傳送魔法帶我過去的始祖大人當然要參加。
負責運貨的人員……二號村派了六名半人牛。
有三臺貨車，就請他們幫忙了。
六名蜥蜴人負責護衛和幫忙堆貨、卸貨。
我以為這樣就好，結果大家說少了我的護衛。
本來覺得不必，但是仔細一想，我來這個世界後還沒去過其他的城鎮或村落。
要說去過的……大概就北方迷宮和太陽城吧？
剩下的，全都是自己開闢的地方。
因為之前都沒想過要去嘛。
就某種意義來說，算是第一次前往有人煙的聚落。
雖然用不著護衛，卻需要嚮導。

因此，條件是要去過夏沙多。

芙勞、拉絲蒂、格魯夫、兩名蜥蜴人，以及四名文官少女。

原本以為露和蒂雅也去過，不過好像沒有。

「或許曾經去過，但是沒注意到城市的名字。」

「也對。大概……或許去過個一次吧……我沒什麼自信。」

芙勞、拉絲蒂與兩名蜥蜴人，則是賣農作物給麥可先生時去的。

雖然當時應該還有其他蜥蜴人同行……不過他們已經要護衛半人牛了呢。拜託你們了喔。

聽說格魯夫去過好幾次。不久前還去重新辦理冒險者登錄了嘛。

四名文官少女，據說是小時候去夏沙多買過東西。

…………

這裡面熟悉夏沙多街道的只有格魯夫，所以自動決定由他擔任我的護衛。

抱歉要麻煩你了。

就由我、格魯夫、始祖大人、六名半人牛，以及六名蜥蜴人前往。

儘管也有人說護衛太少，不過畢竟是前往有人住的城鎮。

拜託別把我當成小孩。

靠著始祖大人的傳送魔法移動到夏沙多附近後，我和格魯夫就去向麥可先生打招呼。

其他人則由始祖大人帶路，把貨物運到店裡……

糟了。

我以為見得到麥可先生，沒問始祖大人店在哪邊。

…………

我連小孩都不如啊。

「總而言之，就在格魯夫比較熟悉的地方轉轉看吧。」

出發。啊，在這之前。

「請把這封信交給麥可先生。」

「咦？」

對方嚇到了。

「格魯夫，留信請人轉交應該很普通吧？」

「我覺得很普通。」

太好了。

我還以為自己做錯了什麼。

不過，姑且還是確認一下吧。

「這裡是戈隆商會對吧？」

「是的，沒有錯。」

「那就對了，這封信麻煩你轉交。」

信是在我出發之前，露和蒂雅她們商量後寫的。

雖然不知道內容，不過應該是請人家多關照馬可仕和寶菈的店吧。

我把信交給一臉疑惑的店員，出發觀光。

城市比我想像中還要繁榮。

這是我的感想。

路上鋪了石板，而且經常有馬車與貨車奔馳。

畢竟是海港都市，所以成了物流據點吧。

人多，而且很有活力。

屋子基本上是石造或磚造，大多數蓋到兩層樓或三層樓。

四層樓和五層樓的也有，但是平房很少。

照格魯夫的說法，較高的樓層房租好像比較便宜。

我還在想為什麼，他說是因為一樓才有廁所和取水處。原來如此。

畢竟沒有電梯，要上下樓很麻煩吧。

格魯夫不愧是來過的人，導覽做得相當稱職。

不過，感覺都偏向實用層面。
旅店、便宜的餐廳、昂貴的餐廳、武器店、防具店、道具店與訓練場……
這部分倒也不是不能理解，但是帶我到冒險者公會是想幹麼？
靠著劍與魔法冒險的生活，我倒也不是沒有憧憬，但我不覺得自己能吃這行飯。
再怎麼說也是耕田耕到今天，我覺得自己適合務農。
不過，委託冒險者的方法倒是學到了一些。
話說回來格魯夫。
在我聽櫃檯小哥說明的時候，你比了幾場啊？
你沒忘記要當我的導遊……護衛吧？
「是人家找上門的啦，不能怪我。」
我和格魯夫在街上晃。
儘管應該已經走了相當久，卻找不到馬可仕和寶菈的店，而且沒走過的地方還很多。
「知道市場在哪裡嗎？我想了解一下市價。」
「啊～應該有五、六個地方吧。南邊的最大，不過應該沒有零售。」
「那麼，第二大的呢？」
「北邊。從這邊看得見吧？那裡有棟很大的建築。」

「那是市場嗎？」

「那是競技場。市場應該就在它前面。」

「好，去那邊看看吧。不過先等我吃完這個。」

「了解。」

我和格魯夫一看到攤販就會買東西來吃。

這是市場調查。

雖然馬可仕和寶菈應該也會做，不過凡事都得自己確認才行。

價格不高……量隨著攤販而有所不同，而且天差地遠。

關於味道則不予置評。

我多少明白為什麼馬可仕和寶菈的店會流行了。

正當我煩惱接下來該挑哪個攤販時，有人叫住我們。

我還以為是來推銷的，結果並不是。

這張臉我認得。

就是答應幫忙把信轉交給麥可先生的戈隆商會店員。

「找、找到了，太好了。」

「咦？」

店員突然吹響掛在脖子上的笛子，然後在我面前低下頭。

「恕我失禮了。您是火樂先生對吧？會長正在趕來的路上。」

啥？

意思是信已經交給麥可先生了對吧？

這是無妨，但是「在趕來的路上」？

一輛馬車猛然衝來，然後緊急停下。

麥可先生跌跌撞撞地從車上下來。

「村、村長先生。太好了，真的是太好了。」

「出了什麼事嗎？」

看他慌張的樣子，讓人擔心出了什麼意外。

「啊，不，咳。首先請容我賠罪。」

麥可先生使了個眼色，剛剛叫住我的店員再度低下頭。

「在下不知是火樂大人，做出非常失禮的行為，實在是非常抱歉。」

一旁的麥可先生也跟著低頭。

不不不，失禮的行為？

我給了格魯夫一個「這是怎麼回事」的眼神，他回：「我也不知道。」

「其實，我一直待在您剛剛到訪的那家店裡。」

麥可先生開口解釋，低下頭的店員替他補充。

「這麼說可能像藉口，但是用麥可稱呼會長的人，只有一部分親屬……」

講到這裡我總算明白了。

店員以為我找的不是會長麥可，而是員工麥可。

如果名叫麥可的人在場，大概就會發現事情不對勁，但是沒有叫這個名字的員工，所以店員才回覆我不在。

從麥可先生的角度來看，就等於他假裝不在。

原來如此。的確很失禮。

不過……

「畢竟我拜訪前也沒有先聯絡嘛。」

應該是我沒有先知會一聲就拜訪的問題比較大。

所以請別在意。

那邊的店員也一樣，不用放在心上沒關係啦。

「非、非常感謝您。」

「麥可先生，他雖然誤會了，但是有好好應對，所以請別生他的氣。」

「我知道了。」

這件事到此為止。

我告訴麥可先生，希望他帶我到店裡。

「用馬車移動？」

麥可先生指指自己過來時搭乘的馬車。

「很遠嗎？」

「不，就在前面不遠……」

「那我想沿路逛過去。」

「我知道了。」

麥可先生指示車夫駕車回去，然後替我帶路。

方才的店員回去了，不過有另外四人同行。

麥可先生為我介紹。

「這是我兒子馬龍。」

「家父曾對我提過火樂大人的事。今後還請您多多關照戈隆商會。」

他是一位看來至少有三十五歲的認真男性，感覺精力充沛。

似乎是戈隆商會的下任會長。

其他還有擔任會計的提特。

負責採購的蘭迪。

兩人似乎都是麥可先生的侄子。算是馬龍的堂兄弟吧。
另一人叫米爾弗德，似乎是商會的戰鬥隊長。
離開城鎮會遭到魔物與魔獸襲擊，一定要有人護衛。
一般商會在需要時才僱用冒險者，戈隆商會則似乎是長期僱用。
他負責統領這些受僱的護衛。
這四人好像也為了找我而在街上奔波。
抱歉給大家添麻煩了。

米爾弗德領頭，麥可先生、我、格魯夫、馬龍、提特和蘭迪跟在後頭。
有點年紀的男人排成一路縱隊往前走，實在令人不太好意思。
正當我想建議不要排路隊時，他們告訴我已經到了。
…………
好大。
嗯，好大。
我對這棟建築的第一印象是——屋頂妖怪？
屋頂有兩層樓高，但是內部只有一層……而且好寬敞。
怎麼會這麼大？

提特
馬龍
米爾弗德
蘭迪

好厲害。

裡面也很亮……應該是採光窗和魔法光源吧。

然後中央的人潮……很擁擠？暴動狀態？

呃……看起來不像在正常做生意的樣子。

怒吼和慘叫傳來。

「麥可先生，這裡平常就是這種感覺嗎？」

「不，平常應該更安靜才對……」

……這下可糟了。

希望原因不是我們的店……

雖然想弄清楚怎麼回事，卻沒辦法弄清楚。

「有沒有什麼辦法呀？」

「嗯？」

始祖大人在。

對了，他先到這裡，或許會知道怎麼回事。

「原因是？」

「呃……一開始是因為東西賣完吧。」

「賣完？」

「嗯。咖哩賣完了。這時我們剛好送來了追加的食材，並且宣布會馬上做，請大家等一下之後，就變成這樣了。」

原因是我們的店啊……

雖然很想抱頭大叫，但現在不是這麼做的時候。

既然原因在我們，就得想辦法擺平。

「總而言之……始祖大人，你可以弄出很大的聲音嗎？」

「很大的聲音？」

「就像爆炸聲那樣。不需要真的爆炸喔。」

「啊哈哈。放心，只有聲音對吧。做得到。」

「把我的聲音放大呢？」

「這也沒問題。」

「那就拜託你了。」

「在這裡？」

「嗯。麥可先生，請你們摀住耳朵躲到後面。格魯夫，我移動的時候麻煩幫忙開路。不能用武器喔，暴力也不行。對方是客人。」

我一給信號，始祖大人就弄出很大的爆炸聲響。

整棟建築都在搖晃。

「請大家不要動，就地蹲下～亂動會受傷喔～請遵照我們的指示。」

始祖大人用魔法放大的說話聲響起。

可能是被聲音嚇到了吧，人群從我附近開始慢慢地蹲下。感謝各位。

「好，就這樣、就這樣。請慢慢蹲下。不要慌沒關係喔～其實啊，接下來要告訴在場各位一些很划算的事。不聽就回去會吃虧喔～」

儘管也有些人疑惑著該不該蹲，我還是繼續向群眾喊話。

然後我看向櫃檯附近的半人牛與蜥蜴人。

大家似乎是守著櫃檯避免客人跳進去。謝謝你們。

後面是許多員工、馬可仕，以及寶菈。看來都平安無事。

我向始祖大人和格魯夫使了個眼色，就這麼朝馬可仕他們走去。

儘管蹲著的人很礙事，但隨便讓他們移動又會引發混亂，所以我認命往前走。

抵達。

我請始祖大人關掉魔法，隨即確認大家的安危。

「村長，對不起。」

「詳情之後再說。總而言之，站起來把我說的話重複一遍。」

我要始祖大人把馬可仕的聲音放大。

「首先，自我介紹。」

馬可仕似乎已經冷靜下來，不過好像還有所動搖。

不對，我剛剛是叫他重複我說的話啊。

「啊，我是代理店長馬可仕。」

很好。

「這次的擁擠與混亂，實在對各位非常抱歉。首先想請問附近有沒有人受傷？如果有，請舉手讓我們知道。」

所幸似乎沒有客人受傷。太好了。

「由於食材用完，目前無法提供咖哩。不過，方才追加的食材已經送到。我們會儘快製作，還請各位顧客稍候。還有……為了對這次的騷動表示歉意，本日接下來提供的咖哩將全部免費。」

聽到免費宣言，部分坐著的觀眾爆出歡呼。

「不過，還得想辦法解決這次的擁擠問題才行。非常抱歉，請容我們解散現在所有的隊伍。」

暫時解散。

一小時後重新開門營業。

「即使是目前不在場的客人，今天稍後來光顧也一樣免費。請各位回去邀請朋友同行後再度光臨。麻煩各位了。今天的擁擠，實在是非常抱歉。」

我讓馬可仕低下頭之後，員工們一同低頭。
「實在是非常抱歉。」
「那麼，請各位從後方開始依序起身。不要急，慢慢來……」
接下來只要讓人群散掉，就可以把這場混亂擺平。
我向蜥蜴人與半人牛下指示。
「不好意思，麻煩你們疏散客人。還有，要是有人受傷就扶他們起來。」
雖然剛才問過，不過旁人會幫忙出聲的，只有昏過去或者倒下的。
像是手痛或腳痛，如果當事者自己忍下來就不曉得了。不能就這麼讓這些傷者回去。
「寶菈，這附近有會用治療魔法的人嗎？」
「村長，需要的話就由我來吧。」
始祖大人舉手。
「不好意思，拜託了。」
現在不是客氣的時候。
「那麼，麻煩寶菈妳確認員工們的狀況。應該沒有人受傷吧？」
店裡的員工，都是些遠比我想像中還要年幼的女孩與男孩。他們應該只有小學生或中學生的年紀吧？沒受傷吧？不可以忍耐喔。很好。
話說回來，這裡只有我們的店？其他店呢？沒有？這樣啊。

呃……我原本還以為需要向周遭店家賠罪，不用就好。那麼……

「打掃！這場騷動弄髒很多地方！還能動的人拿起掃除用具，開始打掃！」

現在剛過中午不久。

忙碌的一天正要開始。

2 緊急應對

員工也很熟練了，所以店內清掃很順利。

還有一部分的客人主動幫忙。感激不盡。

我看著這一幕，在廚房裡反省。

失誤了。嚴重失誤。

為了平息混亂，宣布免費提供咖哩，是個嚴重的失誤。

我弄錯了店的規模。

我原本以為，這棟屋頂很大的店，就類似某種商業設施。

馬可仕和寶菈，則是租借其中一個攤位開店。

不過，實際上這棟屋頂很大的店，整間都是馬可仕和寶菈的店。太大了吧。

儘管感到困惑，我依舊對馬可仕和寶菈至今的辛勞表示讚賞。

員工會這麼多也能理解。

不過，年紀是不是太輕了？算了，這部分應該也有它的理由吧。

中央的四面櫃檯，之所以封鎖其中三面，是因為應對極限就到這裡。

準備食材時以為只是個比攤販大一點的小店，分量當然會不夠。

不端出米飯而改成麵包，是個漂亮的判斷。

如果不準備個營業用的大鍋，應該來不及煮飯吧。

麵包似乎是拜託附近的幾間店幫忙烤的。

儘管咖哩的材料不夠，靠這次帶來的份應該勉強撐得過去。

畢竟不是全都不夠，只是一部分用完而已。

他們相信會補充所以繼續做……這個大鍋的數量，你們認真的嗎？

即使如此還是不夠？原來如此。

……

雖然說免費是個失誤，不過事到如今也沒辦法訂正。

總之先撐過今天。

我看向始祖大人。

他剛剛在治療傷者，不過已經結束了。

「始祖大人。不好意思，能不能送我回村裡？」

「怎麼突然要回去？」

「要帶援軍過來。」

「哈哈哈。那麼我去就好。能不能告訴我要帶誰過來呀？」

「不，我回去一趟比較快吧？」

「或許是這樣沒錯，但是村長你不在這裡指揮不就糟了嗎？」

「我會好好把人帶來啦。呃……廚房裡面有個房間對吧？我就把那裡當成傳送點囉。」

「唔……的確。」

「知道了，麻煩你。」

我講了幾個要找來當援軍的名字。

接著……麥可先生。

「找我嗎？」

「把你牽扯進這場混亂，實在很抱歉。」

「哪裡、哪裡。事情漂亮地平息了，不愧是村長。」
「哈哈哈。呃～我確認一下，這棟建築全都歸我們管，沒錯吧？」
「是的。」
「要怎麼運用都沒關係嗎？」
「當然。」
「這樣啊……不好意思，能不能借我幾個人？最好是擅長交涉的。還有，要熟悉這個城市的規矩。我想請這些人幫忙調度物資。」
「那麼，就由我和我兒子來。」
麥可先生和馬龍一同站了出來。
「……可以嗎？」
「今天的預定行程已經取消了。儘管吩咐。」
馬龍也……看來沒問題。
然後馬龍把提特、蘭迪和米爾弗德拖下水。
這樣是幫了大忙沒錯……但是商會沒問題嗎？不，現在不是客氣的時候。
「請幫忙採購需要的東西。」
首先，可以預期餐具類會不夠用。
要有大量和目前店內所用餐具很接近的款式。

再來是桌椅。

這部分造型不拘。

能當成桌椅的木桶也行。

還有，夠長的繩子、木材、板子與大張的布。

至於布的尺寸……大約三公尺見方。這些東西需要很多，尤其是大張的布。

最後，則是油、小麥與雞肉。

聽到我的指示，麥可先生他們立刻準備行動，所以我攔住麥可先生和馬龍。

「請麥可先生待在我旁邊，注意我做些什麼。」

如果我做出什麼會替夏沙多惹麻煩的事，或者說出什麼會惹麻煩的話，希望麥可先生能從旁提醒。

畢竟，我對這裡的情況不太清楚，很有可能犯錯。

「我知道了。」

麥可先生的回應令我十分感激。

「對馬龍就有點不好意思了，要拜託你處理最辛苦的工作。」

「咦？」

馬龍，真的很抱歉。

「村長，請指示。」

仔細一看，是馬可仕和寶菈，兩人後方站著已經打掃完畢的員工們。

「好……啊，在那之前。」

員工後面，還有一批看來不是員工的男性。

雖然大部分應該是幫忙打掃的客人…………但是有幾個不像。

從散發的氣息看來，是那種有些危險的人。

「他們是？」

聽到我的疑問，一名男性向前站了一步。

一位長得特別恐怖的人。

馬可仕替我說明：

「容我介紹，他是戈爾迪。我請他幫忙維持秩序。」

「這次的騷動，都是因為我們慢了一步。很抱歉。」

一問之下，好像是他們忙著處理其他地方的糾紛時，櫃檯附近出了狀況。

負責維持秩序的成員以戈爾迪為中心，約有十人。

相對於店內的空間……雖然不夠，卻不至於無法處理。

這麼一來，問題就在於人員的分配與意識了。

很好。

我環顧周圍。

店很寬敞，分成東北、西北、東南、西南四大區。

鄰接東西向與南北向兩條大路轉角處的東南部分，是餐飲區。

東北區則是擺了迷你保齡球的遊戲區。

西北與西南兩區則什麼都沒擺。

餐飲區外圍雖然有擺放桌椅，但只是普通地擺在那裡而已。

沒有考慮動線。

我對空下來的半人牛與蜥蜴人們下達指示，改變桌椅的位置。目的在於確保通道時，將桌子分組。

大約每十桌為一個區塊，每個區塊各安排一人負責維持秩序。

至於將誰分配在哪裡，就交給戈爾迪。

接著是員工。

「為了撐過這次的人潮，我們要採用只限今天的特別班表。」

「咦？那個，不是已經撐過去了嗎？」

一名員工老實地將疑問說出口。

「……剛剛說了要免費招待咖哩，妳覺得聽到的人會怎麼想？」

「應該……會來這裡吧。」

「妳認為會有多少人來？」
「……很多？」
「對吧。人潮接下來才要開始。大家團結一致撐過去吧！」
首先是整隊。
先前，是在每個接受點餐的櫃檯人員面前分別排成隊列。
這麼一來，領取餐點端走之前，必然在櫃檯和別人擦身而過好幾次。
應該會相當擁擠。
為了解決這個問題，就要安排一條路方便顧客取餐後離開，不過……
這次先不處理。
畢竟這次免費。
不需要收錢，單純發放而已。
所以隊伍維持原樣。
只要拉開櫃檯人員的間隔，讓隊伍之間空出距離應該就行了。
喔，是叫櫃檯組嗎？了解。
其他組呢？還有很多呢。
我要寶菈挑出適當的人員分配到櫃檯。

「村長。人手帶來囉。」

始祖大人的傳送魔法帶來了援軍。

鬼人族女僕五名、矮人兩名、高等精靈四名、山精靈六名，以及獸人族十名。

「在忙碌時還把大家找來真是抱歉，不過希望你們能幫忙。」

聽到我的請求，各位援軍都堅定地點點頭。謝謝你們。

首先，三名鬼人族女僕。

「麻煩妳們和馬可仕與寶菈一起製作咖哩。」

剩下的兩位鬼人族女僕負責其他料理。

這是為了把注意力從免費咖哩上頭轉移到別處。

在發放咖哩的東南區櫃檯旁邊，清出一個空間給她們。

然後讓兩名矮人在她們旁邊賣酒。

沒有酒單，一杯一杯地賣。

雖然這種賣法不用矮人來也行，但是矮人好酒的形象是普遍印象。

所以，讓這些愛喝酒的矮人來賣酒，應該能吸引注意力。

至於獸人族，則讓她們以幫忙販賣兩名鬼人族女僕的料理與矮人的酒為主，以防萬一。

所謂的萬一，就是馬可仕與寶菈的店人手不足。

因為只有今天，所以從一開始就讓她們幫忙也可以，不過這麼一來會傷到員工們的自尊心。
與其做事之前就說人家會失敗而動手幫忙，不如等人家失敗才出手，比較容易讓人接受。
儘管或許會有人認為不重要，但是這點如果不處理好，之後會留下疙瘩。我可不想弄出什麼麻煩。
更何況，有沒有後備戰力，會影響到心情。

四名高等精靈，我請她們製作劃分區域的隔板。
「分成東北、西北、東南、西南四區對吧？弄道牆不是比較快嗎？」
「如果需要移動就麻煩了。隔板是為了讓人一眼就看出分區。」
所以放在地上，弄成能夠移動。
高度不用太高也無妨。
材料……正好提特他們運來了。
大概還找了商會的人吧，差不多有二十人先後把貨物搬進來。
我請他們把東西先放到西北區。
那裡暫時用來堆東西。

山精靈們則是改善劃為遊戲區的東北區域。
目前，東北區擺了迷你保齡球的球道，共有十個。

不過，光是這樣並沒把東北區占滿。
所以，我要她們製作新玩具。
雖說是製作，不過倒也沒那麼難。
新玩具是套圈圈和射靶。
套圈圈是讓大家投繩圈。
只要用繩圈套中獎品，就可以帶走它。
射靶本來應該用槍，不過沒那種東西，所以讓客人用弓。
不過很危險，所以採用玩具弓箭。畢竟如果用真貨，外行人會受傷。
我拜託她們打造套圈圈區和射靶區。
不用急沒關係。
這是今後招攬客人用的。
如果想到什麼新東西能做的也可以。
…………
「格魯夫，有點事需要你幫忙。」
「嗯？」
套圈圈和射靶需要贈品。
特別是吸引目光的獎品。

之前他有買土產回來，我想人選應該很適合。

「知道了。我去大量收購。」

「不用把東西買光，但是種類要多。還有，要清楚地告訴對方是買來當獎品的。注意要在知情後還是願意賣的地方買。」

「這是無妨……但是付了錢之後，想怎麼樣不是都隨我們便嗎？」

「不是每個人做生意都只為了賺錢吧？像你帶我去的武器店，如果擅自把在那裡買的武器當成獎品，你覺得人家會不會生氣？」

「啊……的確。明白了。我會清楚地告訴人家再買。」

我拿錢給格魯夫……由於手頭現金不多，所以我向麥可先生商借。

麥可先生，不好意思。

「我只是把之前還沒付清的貨款拿給你而已。話說回來，那麼多的繩子和布要用來做什麼？」

我原本打算做些欄柱把繩子纏上去，不過有客人願意幫忙，我就拜託人家了。

繩子用來整隊。

就是剛剛幫忙打掃的那些客人。

我隨口問他們為什麼願意幫忙，似乎是因為剛剛引起騷動而有所反省。

「畢竟咖哩很好吃嘛。這家店如果倒了，只會讓我覺得困擾。」

「對啊、對啊。事到如今，要是搞得以後都沒咖哩能吃，我可是會生氣啊。」

我製作了欄柱的樣品，把量產工作交給他們。

再來是布……

如果和我預期的一樣就需要。

要是猜錯就用不著。

目前還不需要。

店外已經開始有人聚集了。

這家店是開放式，所以想進就進得來。

之所以沒進來，是因為這裡散發出「還在忙」的氣氛。

…………

總而言之，先把繩子放在地上劃出道路吧。

開放的部分有東南餐飲區，還有東北遊戲區。

剩下的區域封鎖，也禁止進入。

我要搬完桌子的半人牛與蜥蜴人們，讓顧客待在指定的位置。

因為還沒準備好。
「馬可仕，咖哩怎麼樣了？」
「沒問題。麵包剛剛已經買好了，也已經拜託人家補充。」
在馬可仕面前，裝了咖哩的大鍋與盛放麵包的籃子堆積如山。看樣子沒問題。
「提供的咖哩分成大份與普通兩種。雖然想順應客人的需求，不過這次以化解人潮為優先。」
「我知道了。」
再來是寶菈。
「餐具回收組似乎是負責在客人吃飽後回收餐具……但是不需要急著回收。特別是不要人家剛吃飽就把餐具收走。」
「咦？不行嗎？」
「這樣有種催客人走的感覺，會讓人家坐立難安吧？收餐具要等客人從位置上起身，或是客人主動要求。」
「我知道了。」
「還有水……」
「是。我們遵照村長您說的，水是免費提供。」
在我的認知裡，水免費是常識；不過在這個城市並非如此。反省。

不過，事到如今也不能訂價格了。那就做得澈底一點。

目前，是將水連同咖哩一起遞給客人。

「除此之外，另外挑幾個人送水給客人。最好是面對大人物也不會怕的。」

寶菈選出五個。

雖然個子不高，不過就如我要求的，看起來很有膽識。

我把裝水的杯子放到推車上，要她們推著車子在各桌之間巡。

「有人想要就遞水給他。如果有喝完的空杯，就麻煩你們順便回收。」

「我知道了。」

「鬼人族女僕的料理和矮人的酒，稍微晚一點再開始賣。」

鬼人族女僕和矮人正在餐飲區櫃檯旁邊作準備。

雖然是為了分散注意力，不過一開始應該沒人理吧。

「差不多……一小時了。要叫客人進來囉。全員整理儀容後，各就各位。」

用來整隊的欄杆趕上了。

幫忙製作的客人裡，似乎有好幾個本業是工匠。真是不簡單。

各區的分隔也……沒問題。

遊戲區要搞定還早，不過這是理所當然。

我向擋著隊伍的半人牛與蜥蜴人們打了個信號，讓客人開始移動。

隊伍前頭，有數名衣服上寫著「工作人員」幾個大字的人拿著旗子。

那是方才幫忙的客人們。抱歉，要請你們幫到最後了。

放心，會以實物支付酬勞的。

始祖大人。

不好意思，麻煩你再施展一次放大聲音的魔法。

「請大家不要慌、不要跑。咖哩的量很充足。千萬不要跑。請先排成一列。」

我在喊話的同時，也因為到場的人數而有些吃驚。

這……是不是需要追加的食材和援軍？啊……果然免費還是太過火了。反省。

閒話　魔王國的荷・雷格

我叫荷。

雷格家的六女，魔王國四天王之一。

年齡……放棄數了。

很遺憾，我還沒找到適合的對象。

真奇怪。

以容貌來說應該沒問題才對。

胸部和臀部也不差。

嗯，和平均值相當或平均以上。

背上的紅翼也不至於太搶眼，會讓人有種安心感；這麼說雖然像是自賣自誇，但我覺得很漂亮。

資產方面，就算講得保守一點，也算得上很有錢。

雷格家就另當別論了，我有自己的領地。

性格……人家曾經說我有點凶，但是不用擔心。我會配合男方。

覺得可愛一點比較好，我就表現得可愛一點；覺得冷酷一點比較好，我就表現得冷酷一點。

四天王的地位會礙事？願意和我結婚的話，四天王的地位我也可以捨棄。

然而為什麼？就連那種看上地位、名譽與金錢才接近我的人都沒有？

是誰在礙事？和我有什麼仇嗎？如果是這樣就報上名來。如果是男的就讓你當我老公。復仇玩法很有趣喔。放心。

我會努力的。呵呵呵……

咳咳。

結束這個話題吧。害我喝的酒變多了。

好啦，這幾年。

魔王國有個重大問題。

「大樹村」。

魔王國領內有座「死亡森林」。它是在「死亡森林」裡建立起來的村落。

起先，我聽到時一笑置之。

我以為是個玩笑。

因為，那可是「死亡森林」啊。

不能碰也不能靠近的「死亡森林」。

居然在那種地方建立村落，是怎麼做到的啊？

棲息在那裡的魔物和魔獸，就算派出魔王國軍的精銳也打不贏喔。

如果說龍在那裡築巢還比較能相信。

不過嘛，守門龍（Gate Dragon）就在附近，所以我也只會笑著說不可能。

現實並不是玩笑。

那裡有個村子，而且已經確認到，被魔王國視為危險人物的吸血公主露露西以及殲滅天使蒂雅出現在村裡。

此外，還有守門龍的女兒拉絲蒂絲姆。

她豈止危險，根本就是災厄。等於那裡住了個自然災害。

再加上，那裡聚集了很多即使在「死亡森林」裡也算是高階物種的惡魔蜘蛛與地獄狼。

這下子反而現實才像個笑話。

究竟發生了什麼事，才讓他們待在那裡啊……

不過嘛，這件事由克洛姆伯爵負責，所以我把它趕出腦海了。

因為覺得不能扯上關係。

這是個失敗。

應該早一點插手的。

沒想到那個村子裡會有那種好酒！

還有克洛姆伯爵。

你居然沒拿那種酒給我，只給魔王大人和其他四天王……

我不禁認真考慮起該怎麼向克洛姆伯爵的領地開戰。

兩邊交戰十次我能贏七次。

不過，這件事就算了。

因為他有好好向我道歉。

魔王大人也參了一腳是吧。

不用把頭垂得那麼低也沒關係啦，我沒有氣到那種程度。

只要你們把手邊的酒全部交出來就好。
還有，今後會記得也幫我帶酒回來對吧？
…………
糟了。
不該只在乎酒，應該要他們幫忙介紹男性的。
我這個笨蛋！

我跑了一趟「大樹村」，直接找人家買酒。
絕對不是去看慶典的。
那是一場惡夢。
真奇怪。
我明明只喝了幾杯而已。呵呵呵。

我有酒。
沒錯，有酒就夠了。
這裡的酒超棒，而且種類豐富。
在我的領地雖然也有人釀酒，卻釀不出這種味道。真不甘心。

這裡的矮人們真不錯耶。即使什麼都不說，也會拿出各式各樣的酒。

如果種族不是矮人……雖然我不在意，但是他們好像沒鬍鬚就不能接受。要長鬍鬚就有點……嗯，不適合我。真遺憾。

這件事先擺一邊。改天要不要用我想出來的方法釀酒？

我以前就想了不少點子。

在自己的領地做不到……

啊，我不是領主喔。我只是領主的血親……受託管理一部分而已。對，所以會受到很多限制。

更何況就算當上領主，也要以領民的生活為優先嘛。即使讓他們釀酒，也會把量擺在味道前面。

總而言之，我會付錢，所以拜託各位了。

只要村長准許就行？知道了。我會送計畫書到村長那裡。

聽說「大樹村」在夏沙多開店了。好消息。不過，要是碰上麻煩就糟了。

雖然很想替他們打點……不過夏沙多代官是個優秀的男人，應該沒問題吧。

總而言之，和代官打聲招呼。

再來……派人護衛吧。

畢竟要是出現死傷，可能會導致關係惡化。

不是只為了酒喔，有考量到整個魔王國的利益。

此外，我還要情報。

如果店裡開始賣酒，一定要聯絡我。

派往夏沙多的護衛傳來消息。

好像順利開店了。

那是賣咖哩的店，沒有賣酒啊？真是遺憾。

他們為了彌補米飯不足的問題，向周圍店家買麵包……

我在「大樹村」吃過咖哩，若是那個味道，配麵包應該也賣得出去吧。

看樣子和鄰近店家處得也不錯呢。

雖然是好事……不過這個店家規模是不是寫錯啦？員工人數也錯了？

咖哩店似乎經營得很順利。

遊戲區的迷你保齡球也大受歡迎。

那是我在「大樹村」見過的遊戲對吧。

居然讓人免費……原來如此，目的在於招攬客人嗎？

很有本事嘛。

咖哩很好吃我知道，所以它的味道就不用報告了。

報告裡多了迷你保齡球的球道狀況是怎樣？
對於七號球道還寫得特別詳細呢。
連分瓶（Split）要怎麼擊倒都向我報告也沒用吧。
讓人擔心他有沒有好好當護衛。

店裡似乎出了狀況。
稱為暴動是誇張了點，不過好像算是相當大的騷動。
原因是材料用完所以停止供應咖哩……
啊……確實，那個味道會讓人上癮呢。
我偶爾也會夢到。
是不是該找時間去吃呀？
啊，在那之前該把報告繼續看下去。
那場大騷動，由於一個叫做村長的人出現而平安收場。
……
咦？村長？上面寫村長，是指「大樹村」的村長？他跑來夏沙多了？
……

不行、不行。

不能逃避現實。

不能藉酒逃避。

努、努力讀下去吧。

原來是透過免費提供咖哩讓風波得以平息，成了一場小型慶典啊？

戈隆商會好像全面支援了呢。

根據這份報告書，村長可以隨心所欲地使喚戈隆商會，不過怎麼可能會有這種事嘛。

戈隆商會是把總部設在夏沙多的大商會。

夏沙多的經濟規模可以說占了魔王國的百分之三。

百分之三就數字來看感覺沒什麼了不起，不過並非如此。

魔王國的王都占了百分之五。

其他城鎮各自都不到百分之一。

很大。

相當大。

不僅如此，從它和王都的距離來看，可以說影響力相當強。

戈隆商會足以代表，並左右這樣的夏沙多市鎮。

居然讓這種商會的會長像親信一樣隨侍在側，還隨意使喚下任會長……
仔細一想，戈隆商會的會長也有去「大樹村」耶。
…………
喝吧。
正好女僕來了。
抱歉，麻煩給我一杯。
啊，不是小杯，用大杯子。
往下讀需要勇氣。

呃……別的麻煩？
鄰近的餐廳有怨言……
說是先前咖哩大受歡迎已經搶了他們的客人，免費提供更給了致命一擊。
仔細一想也是理所當然呢。
「大樹村」的村長，在經營方面是外行人嗎？
嗯……
村長已經預料到會有人抱怨了？
他把來抱怨的人一個個納入，在店裡打造街道？

於是問題解決了？

嗯？

這怎麼回事啊？

完全搞不懂。

是不是跑一趟確認比較好啊？唔……

往下讀後續。

迷你保齡球尺寸放大，變成普通保齡球了。

這回的七號球道很難纏。

雖然是沒意義的報告，卻能讓人放鬆。

還有，舉行了保齡球大會，自己贏得優勝。

你到底在幹什麼啊？有好好當護衛嗎？

優勝獎品是酒，非常開心？

那還真是恭喜啊。

…………

酒？

啊啊！開始賣酒了是吧！

我去一趟夏沙多！

閒話 鄰近攤販的動盪

我叫瑪莉莎。
夏沙多一間小餐廳的老闆娘。
丈夫是冒險者。
他有長期待在家裡的時候，也有外出工作幾個月不在的時候。
儘管收入不錯，但我還是覺得他差不多可以安定下來了，而且會拿這件事和他商量。
不過嘛，通常都是大吵一架後不了了之。
丈夫的事就算了，重點是兒子和女兒。
我兒子馬爾克今年十五歲，女兒桑十三歲。
他們平常在店裡幫忙，不過也會輪流在大馬路上擺攤。
也就是所謂的修業。
本來，讓他們去別家店工作應該比較好，不過兩人都說要留在店裡幫我的忙。
有這份心意我很高興，不過考慮到兒女的幸福，我覺得不該把他們綁在店裡，結果大吵了一架。

「不然我去當冒險者。」

聽到這句話，我只能屈服……那時提出的條件就是擺攤修業。

他們兩個似乎一起想了不少主意，我自己也覺得這應該是個很不錯的條件。

但是，這幾天他們的臉色很難看。

聽他們說，有新店開張改變了客人的流向。

真是笨啊。既然如此換個地方就好啦。畢竟擺攤的優點，就是能夠移動。

聽到我的提議，兒女重重嘆了口氣。

怎麼，居然用嘆氣回應母親的建議？

在街上擺攤，似乎要先決定地點再向商業公會申請。

申請時要繳交場地費給商業公會，才能取得在指定期間內擺攤的權利。

所以如果要換地方，就得重新向商業公會申請。

換句話說，必須再交一次場地費。

兒女不耐煩地這麼說明。

原來如此。攤販也有攤販的麻煩之處呢。雖然我要他們去擺攤修業，不過那是隔壁店家老闆娘給的建議，所以我不知道有這回事。

我也想了很多，希望能幫上兒女的忙。
不過，想不出什麼好主意。
如果稍微想一下能想出什麼好點子，我們家的店早就變得更大啦。
唉。
確實令人想嘆氣呢。
平常採買我都是拜託兒女，不過今天我決定自己跑一趟。因為我想看看攤子的狀況。
…………
雖然有聽過傳聞，不過那家店真的好大啊。
就是開了這家店改變人潮的流向，才讓我的兒女受苦嗎？
這家店似乎是賣一種叫咖哩的食物，不過八成沒什麼大不了的。
只是因為稀奇才受歡迎……話又說回來，人還真多耶。
如果這裡百分之一的客人去我們家的店……不，去兒女的攤子就好了。
不過，聞起來好香啊。
……本來午餐想在家吃的，就偵察一下敵情吧。
我叫馬爾克。
說起我小時候賣吃的攤子，幾乎都是賣烤的東西或者賣些很類似的湯。

但是，這幾年。

夏沙多攤販賣的食物進化了。不，不止攤販，一般的店也是。

我不知道為什麼會這樣。擺攤的前輩說戈隆商會有插手，不過真相究竟如何只有天曉得。

算啦，這不重要。

重要的是，我打算跟上這股風潮，於是和妹妹一起擺攤賣吃的。

我們販賣帶骨烤羊肉。雖然這種食物由來已久，但我們用了某種香草，在調味方面下了一番工夫。

因此頗受歡迎，甚至有其他攤販的人來偵察。

由於生意比預期中還要好，讓我有點自豪。我甚至夢想，如果繼續維持下去，將來或許可以有個像樣的店面。

連日下雨打碎了我的美夢。

攤販的弱點就是壞天氣。下雨對於來客數的影響尤其嚴重。雨勢很大的時候，不要擺攤可能才是正確選擇。

唉。這個世界沒那麼好混啊。

夏沙多的冬天不至於太冷，但是有雨量相當多這個缺點。

不過，天氣問題我也無能為力。

這是神的領域。

我只能盡力做我做得到的事。

這個世界很殘酷。

人潮的流向突然變了。

理由我知道。

北邊街區的四個角之一，原本是資材堆放處的地方開始蓋房子了。

雖然不知道是在蓋什麼，不過街上的工匠幾乎都被僱用了。勞工也是。

這麼一來，短時間內人潮不會恢復吧。

得考慮換個地方擺攤才行。幸好，差不多到更新日了。

放棄現在的地點，選在原資材堆放處的附近怎麼樣？

以那個大小來說，應該會持續蓋一陣子吧。如果工匠和勞工都集中到那裡……

雖然容易有人經過的轉角處場地費比較貴，但是應該很快就能賺回來吧。

妹妹也贊成。

好，就換到那裡吧。

和預料的一樣，東西很受工匠和勞工們歡迎。這幾天的營業額比之前那個地方多出一倍以上。

我興奮地要把之前少賺的都賺回來時，房子卻蓋完了。

怎麼可能，居然這麼快？我還以為要蓋上一年。

而且，這棟建築是什麼？沒有牆的房子？是因為省掉牆不蓋才會快嗎？

看起來只有一個巨大的屋頂。

正當我這麼想時，那裡已經開始賣起食物。

咖哩。

可能是消息已經先傳開了吧，第一天就生意興隆。

人潮全被那棟大房子吸走，大家直接從我的攤子前面走過……

不，只是因為稀奇而已。

放心，大家馬上就會吃膩。照理說應該會吃膩才對。

所以不要急。不能急。

我叫桑。

和哥哥一起擺攤的可愛女孩。

我感覺得到，自己可愛的臉上有了陰霾。

理由只有一個。

攤子的營業額變差了。而且是極端地差。

換地點是個要命的錯誤。

大失敗。

原本是看準了施工的人會來買才換地點擺攤，但是根本沒人猜得到，工程居然三兩下就結束，還開了一家東西那麼好吃的餐廳。

啊……不過去商業公會申請換地點的時候，人家有委婉地建議我們不要換比較好耶。

他們已經知道會開什麼店了吧。早知道就乖乖問人家了。反省。

反省結束之後，就是想對策。

怎麼辦？

雖然正解應該是立刻換到其他地方，不過問題在於場地費。

賺到的錢還付不起下一次的費用。

距離更新日還有兩個半月。雖然時間還長……不過以目前的營業額看來，連下次的費用都有問題。

……做不到吧。

雖然哥哥還想努力，不過放棄攤子去別的店工作會不會才是正解啊？

好比說眼前的……

員工制服好可愛喔。

如果我也去那裡工作，能不能穿上那種制服呀？

也有人只是圍上圍裙，是不是要有些成績才穿得了啊？

數天後。

出了大事。

眼前的店發生大騷動。

啊，大事不是指這個，而是在騷動之後。

這家店今天居然要免費提供咖哩。

得趕快排隊才行。我之前就很感興趣了。

總是有很香的味道飄過來，客人們也都吃得津津有味。

攤子？顧攤？反正沒客人會來。

臨時休攤。

得告訴媽媽和哥哥才行。

好吃。

還有不行。這樣真的不行。

原本在心底某處，我還覺得自家的攤子不會輸，但是澈底輸了。根本沒得比。

媽媽以前還會擔心我和哥哥而說幾句話，不過前陣子吃過這邊的咖哩後，就什麼都不說了。

我原本以為，她是以溫柔的笑容守望著我們；然而那不是溫柔的笑容，而是憐憫的笑容。我終於弄懂了。

我看向旁邊正在吃的哥哥。

嗯，他絕望了。

媽媽……又跑去排隊，想要再領一份。

不，可是到底該怎麼辦？

我邊吃著第二份咖哩邊思考。

無能為力。

目前攤子的營業額並不是零。

吃完咖哩之後，肚子還有點餓……有些跑來買的客人類似這種感覺。

我原本還在想是為什麼，不過吃過之後就能體會。

一份咖哩雖然量不少，但是會讓人覺得還想多吃點呢。

這種餐點以五枚中銅幣來說很便宜，但是點兩份就不便宜了。

所以才跑來我們攤子吧。

只能以這種客人為目標，儘量撐到期限，賺取下一次要交的場地費。

如果不行，攤子就暫時休息。

去打零工或做什麼都行，只要能賺到場地費就好。

這樣如何，哥哥？

我覺得不管你喝幾杯水，都沒辦法對這種店造成打擊喔。
那個平常就是免費贈送的。

咖哩免費提供是大事，不過後面又發生大事了。
附近的攤販和餐廳老闆，湊到一起來找這家店抱怨。
至於抱怨內容……唉，在旁邊聽了都會覺得不好意思。
「都是這家店害我們生意不好，你要怎麼賠我們？」
哪有什麼好賠的啊。
做生意就是弱肉強食。還說人家生意太好，那你們是想要怎樣？叫人家別做生意嗎？
更何況，誰能證明是這家店開張害得你們生意變差？
這種說法連商業公會都不會支持你們。
我很好奇這家店怎麼應付，於是豎起耳朵……結果戈隆商會的大人物出面了。
嚇得我從椅子上跌下來。
幸好咖哩已經吃完了。

戈隆商會的下任會長馬龍先生。
他把摔下椅子的我扶起來。真是個好人。

跑來抱怨的那些人……好像也認得他。大家安靜下來了。

這也是應該的。

畢竟戈隆商會，可是能使喚商業公會的大商會嘛。

要是違抗他們，別說在這個城市，在魔王國任何一個角落都做不了生意。

有這種地位的馬龍先生，將那些來抱怨的人帶往附近的桌子。

我起先以為是要用咖哩收買，結果他們談起了生意。

…………

…………我豎起耳朵聽。

這不叫沒禮貌。

是他們不該在別人聽得到的地方談生意。

應該說，他本來就曉得會被聽到吧。連遮都不遮。

反而讓我覺得他是故意要講給周圍的人聽。

馬龍先生雖然講得很複雜，不過大意很簡單。

「這家店還有很多空間，要不要在這裡開店？」

每一家店會分到三公尺見方的空間。

有兩大規矩。

第一，只能在自己的店前招攬客人。

第二，如果造成失火或食物中毒就要立刻滾蛋。

「場地費一個月收十枚大銅幣。如果用火，就追加五枚大銅幣。位置大約每半年會抽籤調動一次。不過，如果是周圍擠了很多人的店……像是受歡迎到會有人排隊之類的，這種店就請移動到我們指定的地點。」

一個月付十枚大銅幣？用火要多付五枚，所以我們的攤子是十五枚？便宜。

我看向哥哥。

他拚命確認裝錢的袋子。

但是，我想應該不夠。

一來我們才剛付了買肉的錢，二來考慮到最近的營業額……

是不是該向媽媽借啊？

…………

媽媽邊喃喃自語邊吃著要付錢的炸雞。

什麼時候買的？

記得也幫我留一塊……不，兩塊！

啊，可是，外面的攤子搬進來，會讓生意變好嗎？

把賣吃的商家集中，讓想要吃飯的人也聚集到這裡？

……的確有道理。

店裡還會擺共用的桌椅。

水也是免費？因為有屋頂所以不怕下雨？

將來預定還會引進賣其他東西的店。

或許不錯。

「啊，對了、對了。雖然場地費是每個月十枚大銅幣，但是這次給大家添了許多麻煩，所以這家店的店長說第一次報名免費。先試一個月，之後看狀況……」

「我們要報名！拜託您了！」

第一次免費，所以即便馬龍先生話還沒說完，我還是喊出聲了。

儘管我知道自己很沒禮貌，但是不能錯過這個機會。

其他聽到的人也陸續舉手。

馬龍先生看向我，露出微笑。

「那麼，我就先和這位小姐談一談吧。」

幸好沒有惹人家生氣。

不久前還在店外的攤子，搬進店裡了。

即使在屋裡用火，煙也會往上飄。好厲害。
而且，營業額……增加了。
一開始雖然不怎麼樣，但是那位叫村長的咖哩店店長做了示範。
他拿我們賣的羊肉沾咖哩吃。
一大衝擊。
而且，這麼做幫了我們一個大忙。
「這是沾咖哩吃也很美味的羊肉喔，如果需要還可以去骨。」
和咖哩共存。
還有……
「如果吃膩咖哩的話，要不要換個味道？」
已經賺到十五枚大銅幣了。
我下定決心，下個月也要在這邊努力。
哥哥似乎也有同感。

閒話　戈隆商會的下任會長　馬龍

我叫馬龍。

是商會會長的長子，戈隆商會的下任會長。

孩子也生了，自認為人生一帆風順。

如果要說有什麼不滿，就是忙了點。

這幾年戈隆商會的規模成長了一倍以上。

爸爸，你會不會太努力啦？先前你明明還在講「是不是該退休啦」這種話耶。

前陣子我去王都時，有幸謁見了魔王大人喔。

魔王大人很厲害呢。很有壓迫感。

爸爸已經和魔王大人見過好幾次了？不愧是爸爸。

啊，不可以退休。你還得多加把勁才行。

如果擅自退休，我就不讓你見孫子和孫女。

這幾年戈隆商會的順遂，背後和「大樹村」有關。

一開始我還以為是什麼暗號。

可能因為對方與魔王國關係很糟，所以不能公開做生意。

畢竟，運來的那些農作物，我以前從沒見過。

但是，爸爸堅持有這個村子。

地點在「死亡森林」的正中間。

他說有個住了吸血公主、殲滅天使、撲殺天使、高等精靈、鬼人族、蜥蜴人、長老矮人、龍，以及很多惡魔蜘蛛和地獄狼的村子。

…………

這是床邊故事嗎？

或許這麼講是為了嚇唬競爭對手，但我想還是編得逼真一點比較好喔。

雖然爸爸不肯說出實情令人遺憾，不過他也有他的考量吧。沒關係。

那部分就交給爸爸，我則把心力放在商會這裡。

我堅定地這麼宣布之後，就被綁起來帶去守門龍的巢穴了。

對不起。我不該懷疑爸爸。

還有，沒想到守門龍居然會請我們喝茶。

有了個寶貴的經驗。真是好茶呀。啊，這也是「大樹村」產的嗎？哈哈哈。

從此以後，我會基於「大樹村」存在的前提採取行動。

所以，「大樹村」當然不用說，拜託也別把我帶去守門龍的巢穴。

到了這把年紀還要換內褲，在精神上很難承受。

還有，這次的事請對我的老婆和兒女他們保密。

某天我正在認真工作時，被爸爸找了過去。

似乎十萬火急。真難得。

總是要人家冷靜的爸爸居然會慌張……究竟出了什麼事啊？

「『大樹村』的村長跑來這個城市了。」

…………

喔，是爸爸負責的部分啊。請加油。

爸爸對我使出久違的鎖喉功。

開、開玩笑的啦！我會幫忙，所以放手，放手啊！

我不甘心只有自己被拖下水，所以把堂兄弟提特和蘭迪找來。

要就怪自己不幸待在夏沙多吧。

還有，米爾弗德，靠你囉。真的要靠你囉。

雖然應該不至於需要動用到前六階冒險者的實力，不過就靠你囉！

嗯，回答得很好。

明白是什麼狀況吧？沒錯，找出那位叫村長的人物。

那麼，開始搜索。

嗯？不知道村長的長相？

放心。

村長身邊，有位叫格魯夫的獸人族戰士。

沒錯，就是武鬥會的優勝者。大家稱呼他為武神對吧。

放心，不用逃也沒關係。他不是敵人，只是用來辨認的標誌。

格魯夫目前打扮成冒險者的模樣。

今天早上東門附近發生了騷動對吧？沒錯，就是那個。格魯夫為了避免引起騷動，所以才會穿成那樣遮掩。

這樣會沒辦法辨識？不要慌。

格魯夫穿的斗篷，是鮮豔的紅色。

村長的目的地是北邊那間夏沙多大屋頂。

你問夏沙多大屋頂是什麼？

就是最近蓋好的那棟巨大建築。

爸爸之前和商業公會談的……沒錯，就是那個，賣咖哩的店家。

你昨天也去過那裡吧？

雖然不知道為什麼會命名為夏沙多大屋頂，但是登錄在商業公會的應該是這個名字呀？

習慣叫它咖哩店？

這樣啊。

……得做個招牌才行。

回歸正題。

總而言之，村長的目的地應該是那間咖哩店才對，但是他還沒抵達。

由此可以推測，他很可能不曉得地點。換句話說，他迷路了。

照爸爸的說法，如果不趕快找到他，好像會非常危險。

啊，不不不。不是村長有危險。

呃……比方說，想像一下魔王大人的女兒……公主殿下迷路。

如果公主殿下有個萬一，魔王大人會生氣吧？就是這種危險。

嗯，事關重大。很高興你明白。

努力找人吧。

平安會合了。

太好了。

村長先生和爸爸的交情似乎相當好。

看起來很親切。

但是，不管怎麼看都是個普通人啊？
這個人就是那個「大樹村」的村長？
不，別去懷疑。不可以懷疑。
站在村長身旁的格魯夫，完全服從村長。
光以這點來說，就能證明他不是個普通人。

我的看法沒錯。
抵達夏沙多大屋頂時，那裡正好發生騷動，村長立刻就擺平了。
手段也太俐落了吧。
而且，他接連下達指示，轉眼間就讓咖哩店重新開始營業。
長年住在村子裡的村長？真的不是哪家商會的老手嗎？
提特、蘭迪和米爾弗德已經成了他的部下。
計算速度也不尋常，而且很熟悉該怎麼使喚別人。
話說……那些人是哪來的？那是鬼人族吧？
換句話說是從村裡帶來的？那麼，在村長身旁的不是精靈……而是高等精靈？那些叫食人者的？村長讓她們做工匠活？
還讓膚色不一樣的精靈製作某種東西，叫那個格魯夫跑腿買東西……

但是，為什麼把爸爸留在身邊？爸爸就算獨自和這裡的代官溝通也沒問題……啊，要補足欠缺的當地知識？原來如此。

不但了解自己欠缺什麼，還能夠彌補……真厲害。

還有我本來認為，雖說是要擺平問題，免費提供商品還是做得太過火了，然而實際上並非如此。那是撒餌。

招攬客人，然後在客人面前說服周邊其他店家。

並且，由戈隆商會的我出面交涉。

村長要提特他們準備的布，是用來決定地點的。

在空無一物的地方，光是擺上一塊夠大的布，就能想像出那塊空間的大小。

轉眼間店內就有了條街道。

怎麼能想出這種主意？村長會不會太厲害了？

這次的事件，對於戈隆商會來說也有益處。

不是金錢，是知識。

學到了做生意的方法。

讓店家在店裡圍成一圈，把想要這些商品的客人聚集過來。

原本以為同業種聚在一起會讓生意變差，但是並非如此。

仔細一想，就和慶典一樣。

類似的攤位排在一起，要買這些東西的客人就會集中過來。

村長是把這種方法帶入日常生活。

在其他地方應該沒辦法立刻照做吧。

不過，戈隆商會已經知道這種方法。這是一筆很大的財產。

而且，還有許多小點子。

碰到不識字的客人，就遞上圖畫式菜單。

替不會計算的員工準備計算速查表。

光是免費的水，還有不需要點餐也能利用的桌椅，就能招攬到客人。

遊戲區裡同時有收費部分和免費部分，但是純粹當觀眾也能享受。

雖然不知道免收手續費的兌幣處有什麼意義，不過從設立後各店營收有所成長可知，這麼做應該不是壞事。

儘管如此，畢竟還是有拿兌幣當主要服務的店家，因此會限制數量。

不過，最重要的還是舞臺。

這裡有人潮。演戲或演奏樂器都不壞。

我還以為會從別處找有名的劇團或樂團來表演，結果是放著。

單純出借場地，要怎麼運用舞臺都可以。
第一場公演，是附近太太們組成的劇團帶來的短劇。
即使講場面話也說不上精彩，不過現場氣氛相當熱烈。
村長準備的雖然是舞臺，卻不是單純的舞臺。
而是成果發表的場地。
這樣就夠了。

「爸爸，看來我好像還太嫩了。」
「沒什麼，我也這麼想啊。不需要沮喪。」
「我會更加努力……話說回來，可以問個問題嗎？」
「什麼？」
「最旁邊那條球道的玩家……如果我沒有看錯——」
不就是魔王大人嗎？
「哈哈哈，他旁邊的是伊弗魯斯代官。不過勝負是不講情面的，別手下留情。要全力以赴。」
「……我、我知道了。」
夏沙多大屋頂，保齡球大賽。
我的目標是贏得優勝。

結果是第三名。

第一名那位男性似乎是店裡的常客。

好強。我也得常來練習才行。

啊！我懂了！原來是藉由舉行比賽，讓想贏得比賽而跑來的人增加嗎！

嗯，上了一課！

3 村長當天來回

呼，勉強搞定。

這是我的感想。

唉呀呀，真是危險。免費提供咖哩引來的人比想像中還多。

這一切都要怪我，雖說是為了平息騷動，不過隨口說出免費還是太輕率了。反省。

還有各位員工、從村裡來幫忙的大家，謝謝你們。

也要感謝麥可先生他們和戈爾迪，以及其他幫忙的常客。

在店裡安排店家的主意雖然令大家吃驚，不過他們還是接受了。
就我來說，原本是想弄成跳蚤市場那樣，結果卻成了美食街。
不過，我已經料到免費提供咖哩多半會引來生氣的鄰近餐飲店家，也決定好招商就從這些人開始，會這樣也是難免吧。
關於這部分的進展，順利得令人吃驚。
不，大概是因為麥可先生的兒子——馬龍很優秀吧。不簡單。
馬龍的堂兄弟提特與蘭迪也十分幹練。應該是被麥可先生鍛鍊出來的吧。下一代能令人放心，真是羨慕。
我的兒子們也……不不不，現在只要能健康長大就好。

平常店會在天黑的同時打烊，不過今天晚了點。
因為有賣炸雞和酒，所以客人遲遲不走。
不過咖哩免費提供的時間已經結束了。
「村長，再不回去就不妙了吧？」
始祖大人對我說道。
我來夏沙多時，已經答應留在村裡的人一定會當天來回。
如果可以，我希望能留到打烊，不過沒辦法。明天見吧。

我向為明天作準備的馬可仕、寶菈，以及麥可先生等人打招呼，隨即回村。
送來追加食材的人，以及來支援的人，也一道回去。
不過，只有格魯夫留下。雖然應該沒問題，不過要以防萬一。
「抱歉啦。」
他表示不用在意，接下了這個任務。真是幫了個大忙。

回村後，我享用遲來的晚餐。
店裡的員工們會輪流用餐，但是我們回絕了。
因為當時的氣氛沒辦法悠哉地享用餐點。
不過，多少還是有偷吃……應該說試吃。
特別是我要鬼人族女僕們製作的炸雞。
由於競爭對手是免費的咖哩，一開始完全沒人買。
所以，我分了一些給幫忙打掃的客人當贈禮。
只要有人吃，應該就會有人上鉤。
我和員工們也有吃。麥可先生他們也有吃。
誰的反應看起來比較好呢？
一枚中銅幣可以買到三小塊炸雞。雖然不知道算貴還是便宜，不過賣得很好。

矮人們在旁邊同時賣的啤酒也很暢銷。
以下酒菜來說，炸雞比咖哩更受歡迎呢。
我邊回想邊吃，吃完後向大家報告。
解釋為什麼會晚歸。
始祖大人回來找援軍的時候已經說過了，所以沒有引發大混亂。
告訴大家明天會再去一次後，報告便結束了。
嗯。
所有人都能接受，我很高興。

隔天，和昨天一樣的成員往夏沙多移動。
真的是多虧有始祖大人幫忙。
半人牛和蜥蜴人們不需要勉強奉陪喔？雖然很感謝你們肯幫忙就是了。

馬可仕、寶菈、格魯夫和麥可先生他們在等我。
店已經開門，客人也零星上門。
營業時間比想像中還要早。
馬可仕和寶菈沒問題嗎？

你們沒有熬夜吧？

如果格魯夫沒說錯，他們似乎有好好睡上一覺。

無論如何，麻煩同行的鬼人族女僕們到廚房幫忙。

矮人們和昨天一樣負責賣酒。

不過，一大早應該不會喝……有人點呢。是不是等很久啦？

在這之前，店裡一天會賣出兩千份咖哩。

由於一份是五枚中銅幣，所以每天的營業額是一萬枚中銅幣。

然後，員工的薪水，每人每天領三枚中銅幣。

兩百人……正確說來是兩百零七人，所以合計六百二十一枚。

我原本覺得一天三枚中銅幣太少，不過麥可先生說，衣食住全都由我們包辦，所以已經給得太多了。

是這樣嗎？

包含麵包在內的進貨成本，每天三千枚中銅幣。

此外，加上僱用戈爾迪等人整隊、垃圾處理費等有的沒的，每天還要花掉約五百枚。

所以，剩下的五千八百七十九枚中銅幣，就是每天的收益。不過，金額並不是每天都一樣啦。

馬可仕和寶菈開店約三十天，所以目前的收益差不多有十七萬六千枚？

據說當成初期投資的餐具、員工置裝費、圍裙支出、迷你保齡球追加生產……合計花了約三十萬枚，所以還是赤字。

原來如此。

確實，如果把蓋房子的花費也算進去，應該是壓倒性地赤字吧。

不不不，馬可仕、寶菈，不用覺得抱歉。你們幹得很好。

倒不如說，每天賣出兩千份，很厲害喔。

營業時間……一天約十小時吧？

換句話說，平均每小時賣出兩百份。

換算後一分鐘會賣出三至四份。

的確需要這麼多員工。

我們為這些員工，安排了員工專用旅……嗯，就是宿舍啦。

他們都住在宿舍裡。

宿舍是三層樓建築，每層十二個房間。

只有三十六個房間的地方，塞了兩百零七人？

這樣等於每個房間要擠進五、六人，但是沒人抱怨。

光是用簾子把室內隔得像單人房一樣讓大家使用，據說就已經很奢侈了。

是這樣嗎？

宿舍雖然有廁所，卻沒有澡堂。
所以宿舍隔壁蓋了間澡堂。
員工得保持乾淨才行嘛。

這些員工，也不是每個人都在白天活動。
有晚上幫忙備料的人，還有管理宿舍與管理澡堂的人。
扣掉這些人之後……平常大約有一百二十至一百三十人會在店裡。
昨天的人感覺還要再多一點，或許很多方面都到極限了。
該不會還得再僱些員工吧？

好啦，從今天起就會恢復正常狀態，不過……
西南區變得很熱鬧。
因為攤子與其他東西陸續搬進來了。
雖然已經能開始營業的不多，卻很有活力。當然，也有麻煩。
儘管戈爾迪會負責處理……不過遏止麻煩事還是需要夠多人啊。
我拜託半人牛與蜥蜴人們巡邏。

不要用武器威脅人家。把刀劍放下，改拿棒子。
麥可先生的兒子馬龍，也在西南區四處奔走。麻煩了。

山精靈繼續昨天的作業。
高等精靈……既然隔板做完了，就去幫山精靈吧。
不……地方這麼大。
我看向擺迷你保齡球的地點。
嗯，雖然大小和村裡的迷你保齡球一樣……不過在這裡應該擺普通大小的保齡球也沒關係吧。
我不知道普通保齡球道的正確長度，是靠年輕時打球的記憶決定距離。
畢竟沒人知道正確的距離，就算弄錯應該也不會惹人家生氣吧。
原本想撤掉迷你保齡球，不過一群看似常客的人以熾熱的眼神看著我，於是改成移動位置。
「反正遊樂器材是愈多愈好嘛。」
我拜託高等精靈們製作球道。
自己製作球和球瓶。
一天就能蓋好住家的高等精靈們。
只花半天，就讓長二十公尺、寬一公尺的球道排列得整整齊齊。

目前共十個球道。

雖然還能擺出更多，不過姑且先這樣。

理由在於人手。

把擲出的球收回與排好擊倒的球瓶，全都靠人力。

所以，球道側面另外有傾斜的溝槽。

前端較深，底端較淺。

在底端接到球的人，可以把球放進溝裡，讓球滾回投球者手邊。

這麼一來應該多少會輕鬆點。

還有，也準備了方便排列保齡球瓶的框。

那是一塊底部挖洞的厚板子。

放下板子，讓球瓶插進洞裡，就能使球瓶立在固定的位置。

這樣應該能加快排球瓶的速度吧。

保齡球的試擲……由於店裡的常客躍躍欲試，所以就拜託他們了。

雖然球瓶是由負責遊戲區的員工排，但在忙不過來時，客人們會下去幫忙排。感激不盡。

「哪裡，畢竟不用花錢就能享受嘛。」

「收錢也沒關係吧？」

真是一批好常客。

不過，我沒打算拿現在的保齡球收費。

大概是因為我知道有用機械管理的保齡球吧。

儘管想了很多方法，不過讓球回手邊的時間與排列球瓶的時間還是很長。

節奏非常慢。

就我來說，擲個幾球還沒關係，要打完一場比賽就需要忍耐。太長了。

呃，雖然和一起玩的人閒聊就好……但是我想順暢地一直玩下去。

和我有同感的，目前只有孩子們。

其他大人，會悠閒地享受村裡的迷你保齡球。

我大概不夠優雅吧。

咳咳。

不過，考量到想要有營收充當維修經費之後……如果販售個人專屬的保齡球與球瓶，大家會不會購買呀？

如果保齡球本身的收支能打平，專門僱人負責也是個辦法。

「距離變長之後，如果不讓姿勢穩定就很難有好成績了呢。」

「畢竟球也變大了嘛。」

「上面有洞的球要怎麼用啊？」

「除了球道的特徵之外，恐怕還需要掌握球的特徵，否則很難有好表現。」
大家似乎玩得很開心，乾脆改天舉辦比賽好了。
這麼一來應該能廣為人知吧。

拜託山精靈們做的套圈圈與射靶，也有了個樣子。
這個……就請麥可先生他們來試吧。
首先是套圈圈。
付一枚中銅幣，可以領到五個繩圈。
把繩圈丟向獎品，只要掛在上面就能領走。
內容很單純。
「要丟得準……相當困難呢。」
麥可先生全部落空。
提特套中兩個。
蘭迪套中一個。
米爾弗德成功套中了四個。
一來繩圈還算大，二來只要掛著就ＯＫ，所以標準寬鬆。
不過，高價獎品的附近，會有妨礙用的棒子和牆壁。

障礙物。

不能那麼簡單就讓人套中。

麥可先生他們的感想是，弄得再困難一點應該也行。

以目前的難度，會讓手比較靈巧的人大賺一票。原來如此。

我拜託負責套圈圈的山精靈改良。

讓繩圈小一點比較好嗎？還是改造障礙物？幫繩圈加上重物改變重心可是最後手段喔。

接著是射靶。

讓客人用我們準備的弓箭射擊目標。

一開始我本來想讓他們瞄準獎品，不過測試弓的強度時，在獎品上開了個洞。

於是改為射靶。

靶子是用討人厭的魔物等當模型，並且在各個地方標上分數。

付一枚中銅幣，會拿到三支箭矢。

領到的獎品，會隨著三支箭的總分而有所變化。

容易瞄準的地方分數低，不容易瞄準的地方分數高。

不過，靶子並非靜止。

山精靈製作的機關會轉動轉盤，讓靶子不規則移動。

雖然是讓人射擊目標取樂的遊戲，但是別以為能簡單命中。

「用這把弓……是嗎？」

記得米爾弗德以前是冒險者。

他很熱心地檢查那把弓。

雖然是小孩也拉得動的小弓，不過我們也考慮到人家會有意見而準備了大弓。

「之所以把弦調得很鬆，是為了調整難度嗎？」

「是為了安全。畢竟希望連外行人也能來玩。」

「原來如此。但是，這把弓的品質會不會太好了？只要把弦重新上緊就可以使用，這個會有被人拿走的危險。」

弓是在這個城市買的中古貨。

雖然不覺得有那麼貴……但是讓人拿走也會覺得不甘心。

「還有，雖然弄得像玩具，不過既然要拉弓射箭，就該用更高的牆壁圍起來。要避免有什麼萬一，讓箭飛到奇怪的地方去。」

很有道理。

而且，這些牆壁也能避免人家把東西拿了就跑。

嗯，採用。

麥可先生、提特與蘭迪他們似乎很想嘗試，所以先用簡單的牆壁圍住後再讓他們動手。

「哦哦，飛出去了。飛得很直耶。」

「如果是這樣的弓，連我也能用。」

「我辦到啦，正中紅心！十分！」

他們意外地興奮。

感覺會比套圈圈還受歡迎。

一旁，米爾弗德已經向山精靈買了追加的箭矢。

第一次的箭……好像全部落空了。

習慣用弓的人反而會覺得難也說不定。

分成初學者、中級者與上級者，並將獎品隨著等級而變換，應該也是個辦法。

我也試了一下，但是全部落空。

…………

意外地讓人覺得不甘心。

那麼，之後就是……

嗯？

馬龍看著我們這邊耶。

呃，我不是在玩喔。

這是不折不扣的工作……他的眼神好像不是質疑。

出了什麼事嗎？

就在我疑惑時，麥可先生告訴我答案。

站在馬龍旁邊那位，是商業公會的人。

4 稅與麻煩

夏沙多的稅金，大致上分成三種。

人頭稅、土地稅，以及入港稅。

所謂的人頭稅，是對所有住在此地的人課徵，不問年齡，每個居民都要繳交一人份的稅金。

課稅對象是家住夏沙多的人，旅客不在此列。

至於在街頭度日的……會排除在外，放他們一馬。

去年的人頭稅，是每人六枚大銅幣。

支付這筆稅金，就能在夏沙多享有各式各樣的服務。

儘管應該不至於貪圖這些服務，但是拖欠人頭稅的人很少。

土地稅，則是在買賣土地時課徵的稅，由買地者支付。
稅率會依時間和場合有所變化，通常是市價的一成至兩成。
慣例是在申告土地所有者變更時繳交。

最後是入港稅。
這是船隻在夏沙多靠港時徵收的稅。
會按照船的種類與大小來細分。

說明如上，不知各位注意到了嗎？
在夏沙多，如果不買賣土地或者營運船隻，要交的稅金只有人頭稅。
換句話說，做生意的收益不用課稅。
有這種事嗎？就是有。

問題的根本，在於這個世界的識字率低。
讀寫文字是大人物的事，其他人沒有閱讀書寫的必要。
雖然商人好像要會讀寫，不過只限於有需要的貿易商，或者大型店鋪的店長與店員；至於攤販和小店的店長與店員等，不會讀寫很正常。

沒錯，一點也不稀奇。

然後，這些不識字的人，會替每天的營收作帳嗎？

答案是，不會。

既然不會作帳，就不曉得賺了多少、虧了多少。

既然如此，要怎麼向這種店家收稅？

由於靠著徵收土地稅和入港稅就能保障城市營運，所以官員也沒有熱心地想去收這種稅金。

那麼大型商家就能爽爽賺？

或許會有人這麼想，但事情也不至於如此。

會收取一些因為不是平等徵收所以不具稅金名義，卻很類似稅金的費用。

水費、防災費、垃圾處理費，以及下水道使用費。

水費。

這個城市的水井很少，用水是從河川上游拉水道。

這筆錢就是水道的維持管理費。

防災費。
如果街上失火，會由街上的人合力滅火。
這筆錢就是用來救濟受災戶，或者當成努力滅火者的醫藥費。

垃圾處理費。
人只要生活就會製造垃圾。
僱人回收、處理垃圾的費用。

下水道使用費。
城市裡有鋪設下水道，特定地點會有堆滿史萊姆的池子，在那裡淨化汙水。
這筆錢就是下水道的維持管理費。
順帶一提，比較有錢的家庭，往往會在自家先淨化過才排入下水道。

這四項費用的徵收對象，則是使用者。
像這種錢，不是應該由城市的營運經費出嗎？不過代官的回答很簡單。
「那麼，因為行政方便，把這四種東西取消也行嗎？」
也就是政府不會對這四項服務插手，大家自己想辦法搞定。

居民們認為這樣總比被人家隨便插手好，於是答應了。

這是數百年前的事。

現在，上述費用與捐款的多少，會影響到夏沙多商業公會的營運。

商業公會的人之所以來訪，和這四項費用的支付及捐款有關。

在店裡開店，讓事情變得有點複雜，所以希望我們能想點辦法。

「水費與垃圾處理費這兩項，會看使用量決定金額後一併支付……」

「這家店的廁所有淨化池，所以下水道使用費應該不會變吧？」

「問題就是防災費了。」

「是的，這筆費用與店家大小無關而是徵收固定金額，所以問題在於店中店該怎麼評判。」

「攤販本來沒付吧？倘若在店裡擺攤，就非付防災費不可了嗎？」

「我們姑且還是有考慮這點，所以預定向會用火的店家收取較高的場地費。」

商業公會的人、麥可先生、馬龍、提特與蘭迪等在我旁邊商量。

這件事就交給了解的人處理吧。

不，我多少有點了解，但是不曉得這裡的慣例或習慣。

畢竟只有聽麥可先生提過這件事嘛。

我告知麥可先生「如果不是太誇張的金額就確實支付」這項方針，然後和米爾弗德一起靜靜等待。

啊，米爾弗德回去射靶那邊了。
他似乎就靶子的移動與圖案提供山精靈不少意見。
我雖然也想參加那邊的討論，但是離開這裡……好像不妥。畢竟我是負責人。
沒辦法。
看起來會拖很久，我就借用一下空著的桌椅吧。

「最後是關於捐款的部分。」
大致上都談完之後，商業公會的人神情嚴肅，露出一副「這才是重點」的表情對我說道。
雖然叫「捐款」，不過說穿了就是贊助商業公會。
每單位訂為一枚銀幣，規模達到一定程度的店家就要支付。
關於這部分，在商量來夏沙多開店時我就聽說了，所以並不驚訝。
我正想問一般來說該付多少時，麥可先生出面喊停。
「慢著。按照慣例，開店第一年應該不用捐款吧？」
「話是這麼說沒錯，不過這家店看起來已經賺了不少……」
「或許是，不過因為這樣就要當成例外未免太急。我們這邊主動付也就算了，由你們提出要求應該不太對吧？」
「我也這麼想，但是……很抱歉，這是上頭的意思。可以的話，希望你們能捐一千單位左右。」

一千單位……是一千枚銀幣，換成中銅幣就是一百萬枚？
「你當著我的面……說是上頭的意思？」
「是的，上頭的意思。」
「原來如此。」
商業公會的人和麥可先生似乎能理解彼此的意思，但是我聽不懂。
我向馬龍求助。
「呃，現在的商業公會不會違逆戈隆商會。因為商業公會的高層，幾乎都是家父派去的部下。」
以前的戈隆商會只是夏沙多市鎮的有力商會之一，如今已是代表夏沙多的商會了。
對於這家戈隆商會應該有參與其中的店，說是上頭的意思，代表對方的地位比商業公會還要高。
「城市的代表……是伊弗魯斯代官嗎？這是他的意思？」
「不，伊弗魯斯代官十分優秀，不會做出這種事。這種情況的上頭……應該是指貴族吧。」
「貴族。」
這麼說來，這裡是貴族社會。
換句話說，某個貴族想要我們的店支付一百萬中銅幣是吧？
…………
不管怎麼想都不是出於好意。
這個商業公會的人也有一份嗎？

「啊，那、那個，他沒問題。我想，他應該是被威脅的。」

馬龍要我看商業公會的人手邊。

商業公會的人，一再用右手拉扯左邊衣袖。

這似乎是商業公會內部「請幫幫我」的手勢。

「剛剛，米爾弗德已經去召集人手了。」

咦？米爾弗德跑去看射靶……不知不覺間已經消失了。原來如此。

他是自然地離席去求助的嗎？

我是不是也向高等精靈和山精靈求助比較好呀？

這麼說來格魯夫去哪裡了？

…………

格魯夫就在店裡，押著某人不放。

「馬龍，那邊格魯夫押著的人，你見過嗎？」

「咦？那是……雖然沒印象，但是從服裝看來可能是貴族。」

應該是吧。

我也這麼認為。

商業公會的人也注意到了。

「……就是那位。」

那個男人就是敵人嗎？

我對格魯夫揮揮手，要他把押著的貴族帶過來。

我們用繩子綁住貴族，讓他坐在地板上。
「你們這些蠢貨！竟敢對我做出這種事，別以為我會輕易放過你們！」
「麥可先生，在這種情況下，我能攻擊他嗎？」
「有困難耶。」
「那麼，要求賠償呢？」
「雖然有惡意，但是目前只有要求捐款，還沒造成實際損害……」
「壞了我的興致呢？」
「很遺憾……」
看來我不能反擊。
「不准無視我！」
貴族是名青年。
就我的感覺應該才二十出頭。
喜歡黑衣，頭部兩側生有羊角。
啊，頭上的角好像能卸下，應該是裝飾品吧。

「喂，把角還來！不得無禮！」

小角色。

怎麼看都是小角色。

應該說，我甚至懷疑他可能不是貴族。

不過根據商業公會的人表示，他似乎是具有古老血統的貴族。

「這人是阿魯巴特羅斯子爵家的嫡子。他們家在魔王國有登錄，是貨真價實的貴族。」

貴族啊……老實說，處理起來有點麻煩。

我做了什麼事讓人家上門算帳是沒關係，殃及麥可先生他們就不好了。

而且店才剛開張嘛。

還有，如果影響到「大樹村」也很麻煩。

「這件事就當沒發生過，怎麼樣？」

我提出日本人式的解決方法，對方當場回絕。

「開什麼玩笑！你們已經完蛋了。這都是因為你們和我作對！」

呃，我可不記得有和這個人作對啊。

格魯夫之所以抓住他，也是因為他硬要把正在享用餐點的顧客趕走……

「囉嗦！我可是貴族喔！是大人物喔！」

他的主張令人很想嘆氣。

啊，麥可先生他們連遮都不遮，直接嘆氣了。

總而言之，先看看誰能想個主意解決這件事吧。

…………

始祖大人舉手了。

「要我帶人過來嗎？」

你剛剛跑去哪裡啦？

「那個，帶人過來是指？」

商業公會的人雖然應該不認得始祖大人，依舊出聲詢問。

大概是看見始祖大人的態度後，將他當成關係人士了吧。

「地位最高的人。」

「能擺平這件事的人嗎？啊，要請代官大人過來？」

「比他更了不起的人。我想應該能確實地擺平這件事。」

是指誰啊？應該不是「大樹村」的人吧？

「哦哦！那麼，不好意思就麻煩您了。」

商業公會的人對始祖大人這麼說。

「其實已經帶來了。看，在你後面。」

「咦？」

魔王站在商業公會的人背後。

「我還在工作啊……」

這已經不是什麼交涉了。

而是權威帶來的暴力。

阿魯巴特羅斯家的嫡子全面投降。

他的目的是錢。

威脅商業公會職員，強迫看來賺得不少的店家捐款；他再趁店家為難時現身，幫忙壓低捐款金額藉此收取謝禮。

「我是第一次這麼做。很抱歉。請原諒我。」

儘管阿魯巴特羅斯家嫡子全力賠罪，依舊遭到魔王拒絕。

「抱歉，這可不行。我們已經通告各地，不准對這間店出手。如果放過出手的人，以後大家會不把我們講的話當一回事。」

魔王似乎在我不知道的地方保護這家店。

「阿魯巴特羅斯子爵一樣有罪。你就好好想一下該怎麼賠罪吧。」

「噫！怎、怎麼這樣……」

我無法插嘴。

其實我很想插嘴，但是被麥可先生攔下來了。

「在眾多魔王國國民的面前，不能質疑魔王大人。」

確實如此。

雖然當事者是我的店，但這裡是魔王的國家。

「稱呼他時，是不是喊陛下比較好啊？」

「哈哈哈。在魔王國，喊魔王大人就行囉。」

這似乎是尊稱。

魔王大人繞著魯巴特羅斯家嫡子，邊走邊列舉懲罰。

雖然列出那麼多，不過隨便一個就夠重了吧？我不覺得他承受得了喔。魔王在幹什麼啊？

不，那是在等待吧。

他不時會對始祖大人使眼色。

每當他這麼做，始祖大人就會「該怎麼辦才好呢～」地微笑。

啊，始祖大人注意到我的目光了。

「請等一下。」

始祖大人舉起手，走向前去。

「唔！你是科林教的……」

「哈哈！處罰罪犯固然是理所當然，但是太過嚴苛的刑罰，只會讓他吃不到苦就逃往死者的國度。

如果要罰，不是應該讓他痛苦得久一點嗎？」
「的確。有什麼主意嗎？」
「有。請將他交給夏沙多的科林教神殿。我想這樣對他來說，應該會是種又長又痛苦的刑罰。」
「嗯……原來如此。別放走他喔？」
「遵命。」
始祖大人低下頭，圍觀者們隨即鼓掌。

該怎麼講。
感覺就像在看人家演戲。
原因大概是始祖大人的彆腳演技吧。
魔王倒是表現得很好喔，很有威嚴。

總之，事情算是告一段落了吧。
最大的受害者，可能是被阿魯巴特羅斯家嫡子盯上的商業公會職員吧。
「他們就是太鬆懈才會讓人家有機可乘。如果平常夠認真，人家就會覺得他們不容易屈服而不敢輕舉妄動。」
麥可先生真是嚴格。

雖說是未遂，不過商業公會的人好像遭到處罰了。
如果商業公會的人不是最大受害者……
再來應該是米爾弗德召集的警衛吧。
特地跑過來，事情卻已經結束了。不僅如此，還因為魔王在場而嚇一跳。
辛苦你們了。
雖然白跑一趟，不過難得人家特地過來，我決定招待他們吃咖哩。
畢竟以後可能還需要他們關照嘛。
啊，魔王也有得吃喔。不好意思，這次把你牽扯進來。
雖然拖你下水的是始祖大人。

「話說回來，始祖大人，你要拿他怎麼辦？」
「這個嘛，該怎麼辦呢？」
始祖大人隨口回應，然後舉杯飲酒。
不不不，你既然把魔王帶來演戲，應該有什麼考量吧？
「老實說，我只是期待魔王展現一下他的手段。看來事情沒那麼簡單啊。」
魔王似乎也拿那個貴族很頭痛。那人無視通告不能輕易放過，但是嚴懲又會讓阿魯巴特羅斯家懷恨在心。

「那個家族這麼有影響力嗎？」
「雖然沒有領地，但是好像各地都有他們一族的血親。」
原來如此。看來確實不好應付。
「所以，才會決定把他交給科林教，將這件事含糊帶過。我們會挑個適合的時機放人啦。」
「這樣就好嗎？」
「決定者是偉大的魔王嘛，不能違抗他呀。」
始祖大人笑著說道。
最大的受害者，說不定是負責看管那個貴族的夏沙多市鎮科林教神殿。

5 夏沙多大屋頂

魔王吃完咖哩之後，由始祖大人送他回去。
辛苦了。
雖然發生許多事，不過生意算是相當興隆。
再次讓我了解到馬可仕、寶菈，以及員工們的努力。

遊戲區的保齡球沒問題。
不過因為是免費，所以得營造出大家輪流玩的氣氛才行。
空著的時候倒是沒關係。
視情況可能還得考慮增設球道。

套圈圈與射靶還在改善當中。
射靶特別需要注重安全，所以不能掉以輕心。
因此，今天先撤掉。
明天我還會來。

夏沙多大屋頂。
這似乎是店名。我都不知道。
不過，由於店內有店，所以它升級為設施名。
在店內的烤肉串攤子，變成「夏沙多大屋頂內的烤肉串店」。
這下子必須想個咖哩店的名字了。
「馬可仕、寶菈，你們有主意嗎？」
我原本想交給他們，結果他們說務必由村長取名。沒辦法。

…………

直接叫「咖哩店」怎麼樣？

看來不行。

這就和拉麵店、燒肉店和串炸店一樣是店鋪類型，不是個別的店名。

現在是還好，等到其他店家也提供咖哩時就會出問題。必須取個正式的名字才行。

…………

「馬可仕＆寶菈」怎麼樣？嗯～這樣會很難分清楚是指店還是指他們兩人。

更何況，以目前的計畫來說，馬可仕和寶菈也只是暫時出差。

換成其他人時，這個店名說不定會造成混亂。

這麼一來……

馬寶……不，馬菈怎麼樣？

我試著從馬可仕和寶菈的名字各取一部分來命名。

咖哩店「馬菈」。

嗯，不壞。

雖說只取一部分，畢竟還是用了人家的名字，所以我去徵求他們的許可，如果沒問題就採用。

他們哭出來了。

這麼排斥啊？不是排斥？

是感動到哭出來……既、既然高興就再好不過了。

另外也向員工們宣布此事。似乎受到好評。

應該需要個招牌吧。

我拿剩餘資材弄出兩塊比較大的招牌，分別設置在店內和店外。

本來想擺在屋頂上，但是怕萬一發生意外掉下來，所以放在下面。

話又說回來，感覺真不錯。

咦？希望夏沙多大屋頂也有個招牌？

我知道了。

不過，如果是設施的招牌，就得比店鋪的招牌還要大了呢。

一樣令人擔心出意外，所以我把招牌也放在下面。

順便替各地點和區域編號。

東南區的餐飲區與東北區的遊戲區，則沿用現有名稱。

西南區命名為設攤區。

招商相當順利，除了餐飲之外的店家也逐漸增多。

等到地方不夠用之後，就把西北區也劃為設攤區吧。

到時候是不是該叫新設攤區呀？

鄰近的攤販似乎受到有屋頂的地方吸引，大部分都聚集到這裡。
這麼一來，想找這些攤子的顧客也會跟著聚集，因此相當熱鬧。
但是，位置不容易弄清楚。
光是找要去的店家就得花不少力氣。
為了幫助這些顧客，我製作了設攤區用的地圖。
不識字的人很多，所以是用圖畫。
雖然完成了一張，不過相當費工夫。
這東西……要做好幾張，而且半年換一次。

…………

還是僱用專業的吧。
有沒有會畫圖的人呀？
「會畫圖的人大多都是貴族在養……」
也就是沒有。
仔細一問，我才曉得繪畫算是娛樂，而且畫材昂貴。
所以，會畫圖的人若不是貴族養的畫家，就是喜歡畫畫的貴族。

「如果是簡單的圖倒還有人會，像這種精密的圖就……」

精密的圖？

畫得比較可愛的烤肉串和海產嗎？

不過，這下子麻煩了。

只能由我來畫嗎？

這實在有點……

能不能用文字將就一下啊？

「那、那個，可以讓我來畫嗎？」

誰？

原來是員工之一。

「我想試著畫畫看。」

相當有幹勁。

不過，這些圖要畫給很多人看。

先讓我見識一下你的實力吧。

我將紙筆交給對方。

…………

嗯，有天才。

畫得遠比我好多了。

「我一直很喜歡畫圖……以前在地上畫過很多。」

我告訴寶菈這件事，要她調整班表。

我請這位自告奮勇的員工製作地圖……還有店中店的招牌。

一個人實在太勉強，所以又從員工裡多找了幾個對畫圖有興趣的人。

地圖當成營運方送的，免費刊載。

個別的招牌則要收錢。包含材料費在內，一塊招牌收十枚大銅幣。

一開始大概不會有人訂做招牌……於是我找了某家賣烤羊肉的幫忙。

最早說要進來設攤的，似乎正是這一家。

畢竟馬龍說過，就是他們帶動整個趨勢。這也算是表達感謝之意。

掛上招牌之後，人潮的流向有了變化。

由於禁止在自家店門以外的地方攬客，所以招牌的效果不容小覷。

已經接到好幾份招牌訂單了。

不過，製作招牌的費用並不便宜，應該不會蜂擁而至吧。

他們會不會自己做呀？這也是個辦法吧？

不過，要規定招牌的尺寸。不能做得太大。
等到招牌林立之後，就用旗幟弄得顯眼一點吧。
不，畢竟也有用火的店家……如果旗幟著火就麻煩了。

不過，多少還是得在外觀上有點控制。
也需要有人巡邏避免出狀況。
現在是由同行的半人牛與蜥蜴人努力，但也不能一直讓他們幫忙嘛。
我找麥可先生商量，請他協助組織警備隊。
只要兼當嚮導，沒出狀況時應該也不至於沒事做吧。

和麥可先生商量之後，他推薦由戈爾迪指揮警備隊。
就是之前幫忙維持「馬莅」店內秩序的人。
雖然長相凶惡，但是手腕不差。
他還有一批部下，所以我拜託他就這樣讓部下們都加入警備隊。
戈爾迪向我道歉，表示自己還有其他工作，無法擔任這個職務。
不過，他很支持讓部下們加入，所以警備隊就此成立。
隊長則是一位得到戈爾迪推薦的年輕人。

「我會努力的。」

那就麻煩你了。

至於警備隊的薪水，則由設攤店家繳交的場地費裡支出。

戈爾迪和以前一樣，負責維持咖哩店「馬菈」店內的秩序。

至於加入警備隊而減少的部下……還有其他部下是嗎？真是可靠。

還有，關於夏沙多大屋頂的營運。

目前全部交由馬龍負責。

然而，他是戈隆商會的下任會長。

總不能一直借用他不還吧。

但是，人才也沒有豐富到說要找個人代替就立刻有人選。

因此，我將夏沙多大屋頂的營運事宜，全權交給戈隆商會。

「這樣好嗎？」

「讓熟悉的人負責比較好吧？」

「話是這麼說沒錯……我明白了。請讓戈隆商會接下這個重任。」

各店家所交場地費的一部分，會付給戈隆商會當成委任費。

剩餘的部分，則是營運管理費。

喔，咖哩店「馬菈」也會支付場地費。
雖然會有人質疑為何自家的店要交，但這是為了避免讓人覺得不公平。
更何況，營運已經委託其他人了。
不要當成場地費，想成營運委任費吧。
總而言之，包含遊戲區在內，我們一個月會支付十家店的份。
會不會太少呀？如果不夠就增加。
這部分就先觀察一下收支再決定。

設攤區和餐飲區之間設置了舞臺。
比周圍高出約一公尺，半徑差不多七至八公尺的半圓形舞臺。
如果有個地方能讓人舉行各種活動，像是演奏音樂、演戲之類的，不是很好嗎？
騙人的。
我只是想給搞定大部分工作看起來很閒的高等精靈一些事做。
在完工的舞臺上，格魯夫來了一場實驗性質的演武，然後他和米爾弗德打了一場練習賽。
傷到舞臺了。反省。
算了，觀眾高興就好。
和麥可先生他們商量後，決定開放租借舞臺。希望能多少增加些收入。

在遊戲區，完工的套圈圈和射靶已經大排長龍。
由於實在太受歡迎，看來不得不擴張了。
保齡球也很順利。
常客正在教導初學者規則。真是幫了大忙。
告訴大家改天要舉辦保齡球大賽後，他們相當高興。
就提供好一點的獎品吧。

咖哩店「馬莅」的一角，正式開始販賣炸雞與酒。
一開始是為了轉移大家對免費咖哩的注意力，不過好像贏得了一批愛好者。
恢復正常營業而不再販賣後，似乎有人表示不滿。
有人支持是件好事。
不過，炸雞需要花不少力氣確保雞肉。
這部分我請戈隆商會盡力幫忙。
但是，不知為何規模愈談愈大，最後變成預定在郊外建立大型養雞場。
真的，怎麼會變成這樣呢？

酒則是由「大樹村」運來。

不過，產量無法馬上增加，所以變成將要賣到外面的酒拿來店裡。

「我很期待酒明年的產量喔。」

爽快答應減少酒類進貨量的麥可先生這麼表示。

麥可先生幫了不少忙，所以我也只能老實地點頭。

還有，真的很不好意思。

我會私下多給一些味噌、醬油、美乃滋，以及最近開發的番茄醬。

請好好享用。

胡椒和蜂蜜也會增加。抱歉，都是些見慣的東西。

回歸正題，炸雞由員工們負責販賣。

為了避免炸雞掉到地上，會用深盤盛裝客人想要的量。

盤中則會放適量的檸檬角、美乃滋、番茄醬和鹽。

調味用。

胡椒由於咖哩那邊會用，所以暫時無法提供。很抱歉。

剛販賣不久，就出現了很有個性的常客。

雖然是貴族……不過感覺很隨和。好像還認識格魯夫呢。

也對啦，貴族又不是每個人都像阿魯巴特羅斯家的嫡子那樣。

「那是個特殊的案例。真的非常抱歉。」

魔王還為此私下向我道歉。

我原本想把酒也交給員工賣，不過年齡上實在不太適合。

畢竟員工年紀都很小。就我的感覺來說在中學生以下。

實在不太想讓他們賣酒。

我為此招募人才，募集到一批附近的家庭主婦。

雖然來的人相當多，但是只需要幾個人。

因此，我請她們輪流負責。

原本以為收入減少會讓她們抱怨，不過沒發生這種事。

好像反倒因為有人能輪班，讓她們碰上子女有事等狀況需要請假時比較方便，所以受到好評。

如此這般，我來回兩地的日子持續了十天左右。

要感謝用傳送魔法接送的始祖大人。

不過，能親眼看到店鋪與城鎮實在太好了。

我也發現自己還有很多不足之處。得加油才行。

最迫切的部分是咖哩調味料。
以目前的銷售速度，消費量已經超過產量，不能放著不管。
是不是該在氣溫變化少的太陽城——四號村，大量種植調味料植物呢？

「村長，能打擾一下嗎？」
麥可先生拿了一張很大的紙過來。
「怎麼啦？」
「我想差不多該談談對面那家店的事了。」
「……咦？」
「明天就要開始拆除了。房子照這棟的感覺去蓋沒問題吧？」
咦？先、先等一下。
「對面的店？」
「是的。」
「你說對面的店……是指大馬路的對面？」
「是的。」
我詢問詳情。
似乎要在這棟夏沙多大屋頂的南邊，蓋起一間同樣大小的店。

「不是別的店嗎？」

「是村長的店喔。沒辦法確保夠大的完整土地，弄成被道路隔開的形式，實在非常抱歉……」

…………

按照計畫，東邊和東南邊似乎也會蓋。

那邊的進度是……啊，土地已經收購完畢，正在等人家撤離……看樣子沒辦法取消了。

…………

真奇怪。

哪裡弄錯了？

「我只是準備一塊符合村長那筆購地費加建設費的地方呀？」

購地費、建設費……

啊，在決定金額時，我是怎麼說的……？

想起來了。

「麥可先生，你的店好像還有貨款沒付清對吧？」

之前他因為金幣不足，希望我允許他延後支付。

「是的，實在很不好意思……」

「積欠的貨款全部花掉也沒關係，看那筆錢能買到怎樣的土地和房子就用吧。至於如何拿捏，就交給你囉。」

雖然他來村裡採購時只付金幣，不過在夏沙多靠著戈隆商會的信用可以不拿金幣做生意，這點我之前有聽說過。

「全部嗎？」

「你就拿一成當手續費吧。」

「一成……明白了。請全部包在我麥可身上。」

…………

土地費比我想的還便宜？還是蓋房子很便宜？

不管怎麼樣，事情出乎意料。

慶典快到了，等結束後再認真想吧。

閒話　觀察者

我叫麥可。

戈隆商會的會長。

雖然是地位最高的，不過最近很多事讓我深切體會到自己還太嫩，實在沒心情擺架子。
不過嘛，在部下們面前，多少還是得擺點架子就是了……

好啦，夏沙多大屋頂經營得很順利，這點令人欣慰。
至於我這邊……則是出了點狀況。
原本以為那一帶的建築大半屬於商業公會，麻煩應該會比較少，但是有少部分地主堅決抵抗。
那個地主是夏沙多的商人之一。
他察覺我在收購土地，搶先一步買下那塊地。
雖然不知道他是想妨礙我，還是想高價賣掉……
魔王大人和諸位四天王已經警告過了，卻沒站在聽話的那一邊，真是可悲啊。
本來呢，我應該動用種種手段對付他……
不過用骯髒方法把土地弄到手，可能會讓村長不高興。
必須想辦法光明正大地搞定才行。
…………
亮出金幣應該比較快吧。
要是對方貪得無厭，就拿警告的事釘他。

有人敲門。真難得。

事情大多會被祕書攔下來，等到我走出房間時一併報告。

也就是說，發生了某件事，使得祕書判斷必須立刻通知我？

「打擾了。會長，雖然這件事讓我有點猶豫……不過我還是認為，和您說一聲比較安全。」

這位祕書比我還要年長大約十歲，他所作的判斷過去已經幫了我不少忙。

既然他說知會我比較好，那就聽聽看吧。

「剛才，似乎有客人來到我們商會的總店，拜訪一位叫麥可的人。」

「嗯？那不就是來拜訪我的嗎？」

「或許是這樣，不過對方好像說要找『麥可先生』。」

「嗯。應該不是貴族吧？」

「不是。雖然衣服的質料很好，但並不是貴族喜歡的服裝，另外還有一名看似冒險者的人同行。雖然對這人沒什麼印象，不過從沒有事先通知看來，我判斷他不是貴族。」

也對。

如果是貴族，拜訪之前會先聯絡我們。

「所以呢，後來怎麼樣了？」

「接待的人先找過商會裡有沒有叫麥可的員工，但是沒找到這個人，因此請對方回去了。」

「原來如此。」

…………

怪了？我有種不祥的預感。

「所、所以呢，後來怎麼樣了？」

「那位客人好像留下一封信給接待的人，希望我們轉交給『麥可先生』。」

祕書拿出了信。

「對方似乎很確定我們商會有個叫麥可的人。接待的人過了一會兒之後，才注意到會長的名字叫麥可，於是為了保險起見向我報告。」

「這、這樣啊……」

不想看。我總覺得不能看。但是，或許不能不快點看。

深呼吸。

作好心理準備。

「順帶一提，客人自稱火樂。」

「這件事一開始就要講啊啊啊啊啊！」

我把信從祕書手上搶過來，然後閱讀。

前略
戈隆商會的麥可大人：
這裡是「大樹村」。
村長去夏沙多打擾了，還請多多關照。
後略。

附註：
請看上面。

哇啊啊啊啊啊啊啊啊！
村長跑來夏沙多！
太大意了！
既然開了店，他當然也會來看看狀況啊！
我為什麼沒注意到！
不不不，要後悔晚點再說。

現狀是……讓人家吃閉門羹！
等於是我假裝不在？不行不行不行！
村長應該不會介意，但是他身邊的人會介意這種事。

好比說，露露西大人、蒂雅大人、芙勞蕾姆大人，還有哈克蓮大人。

……死定了。
我死定了。
還沒看信所以不知道……這種說詞行不通吧。
喔喔……
不，等等，還有得挽回！
趕快和村長會合，當這次的事沒發生過！
只能這麼做了！
「從接待的那個人口中問出村長……火樂大人的服裝特徵，然後幫我把馬龍和米爾弗德叫過來。情況緊急！」
我對祕書下令後，自己也開始準備動身。
…………

嗯？這麼說來，信件的附註。
要我往上看？
那是什麼暗號嗎？總不會是真的往上面看吧？
我看向天花板。
…………
露露西大人就在那裡。
「你好。」
兩邊視線對上了，所以露露西大人揮揮手向我打招呼。
但是，我什麼都做不了，只能維持抬頭姿勢僵在原地。

我叫米爾弗德。
年輕時當冒險者，做了不少傻事。
因為那些傻事而博得一些名聲的我，被貴族僱為護衛。
就某方面來說，算是冒險者這一行最好的結局。
不過，當貴族的護衛雖然報酬非常高，卻很無聊。
畢竟幾乎沒人會和貴族為敵。
特別是魔王國的貴族，都具備某種程度的戰鬥力。

可能是力氣也可能是魔法，總之他們都能自己保護自己，不需要什麼護衛。
貴族僱我也不是為了利用我的武力，而是將我當成裝飾品就心滿意足。
嗯，我大概是受不了這點吧。
我辭掉貴族那邊的工作，尋找新職場。
於是找到了戈隆商會。
起先我只是打算過渡一下賺點旅費，但是工作一次後就改變主意了。
畢竟這間商會的馬車，是往「鐵之森林」裡面衝。
而且，目的地是守門龍的巢穴。
我還在當冒險者時都不會做出這種詭異的行為。
這讓我忍不住笑了出來。
不過，我覺得很開心。

而且，在街上護衛商會的大人物，也不是什麼簡單的工作。
畢竟盯上他的人很多嘛。
直來直往的殺手對付起來比較輕鬆。簡單易懂。
最難纏的應該是女人。
如果假裝示好……所幸以商會的大人物來說，我的雇主很有操守。

不過嘛，再怎麼說我也是受僱於商會。
無論來的是誰，我都會打退他。

話說回來。
這位不知不覺就站到我背後的女性，她是誰？會長的熟人？
看上去感覺像天使族……但是氣息和我所知的天使族不太一樣耶。
打從剛剛開始，這人就一直讓我想起某位冒險者時代人家說絕對不能與她為敵的天使族。
殲滅天使……蒂雅？
怎麼可能。怎麼可能嘛～哈哈哈。
所以呢，那個，我說啊。
我有個很重要的問題……
她是自己人吧？
告訴我她是！

怪了？我什麼時候睡著的？呃……
我叫……叫什麼？快點想起來，想起自己的名字。總不會忘記吧……呃～
啊，對了。沒問題。我想起來了。但是，不能說出口。

相對地，人家叫我埃特（Eight）。

我是個護衛。

不是檯面上的護衛，而是暗中保護目標的護衛。因此，不能公開姓名。

因為如果名字為人所知，就會洩漏各式各樣的情報，有可能對護衛對象造成不良影響。所以要澈底地隱姓埋名。

身為這種護衛的我……

為什麼會在這裡睡覺啊？

我在「夏沙多大屋頂」這棟巨大建築的屋梁上。

不，我應該是為了待在這裡戒備才爬上來的……

在工作中睡著？我？往周圍一看，搭檔也在睡。其他同伴也是？

為什麼？中了魔法嗎？

我檢查隨身物品，沒有東西被偷。

換句話說……

我連忙確認底下的護衛對象。

我們的護衛對象有兩個人，是某個村子派來這裡的，名字是馬可仕和寶菈。

還有，如果能力許可，要一併保護他們周圍的人和設施。

原本以為出事了，不過店和往常一樣生意興隆。

要保護的馬可仕和寶菈也忙得不可開交。

看樣子沒問題。

嗯……………

那麼，為什麼會這樣？

下面除了護衛對象之外，還有其他地方派來的護衛。

大家已經確認到彼此的存在，由於目的相同所以決定合作。

不進店裡，在外面街道戒備的勢力。

偽裝成客人，邊吃咖哩邊輪班戒備的勢力。

一邊享受迷你保齡球，一邊戒備的勢力。

……………

之前，護衛們聚在一起比迷你保齡球，結果我們是第二名。

可惡。

那個七號球道的男人，強得莫名其妙。

改天練一下吧。

……………

總而言之，先叫搭檔起床。

或許他會知道什麼。

「噫噫噫噫噫！」

醒來的搭檔陷入恐慌。

喂喂喂，別在這種地方鬧。會摔下去喔。

真是的，到底怎麼啦？

「蜘、蜘蛛，有蜘蛛……」

「蜘蛛？」

「對，死亡蜘蛛。」

…………

搭檔在講什麼啊？

死亡蜘蛛？

那種東西如果出現在這裡，夏沙多怎麼可能沒事。

真要說起來，我們也不可能像這樣悠哉地交談吧。

畢竟遇上死亡蜘蛛，就等於沒命。

…………

難道說，我們已經死了……沒有吧。

我捏了捏臉頰，會痛。這是現實。

換句話說，死亡蜘蛛是搭檔夢到的。

「我都不知道你討厭蜘蛛耶。」
「不、不對！真的有！看到的人一個個昏倒……你當時也昏倒啦！」
「嗯～？不，我確實睡著了……但是我沒印象耶。呃…………嗚，我的頭……頭好像在排斥什麼東西一樣，好痛。」
彷彿在告訴我不能想起來。
真的假的？
真的有死亡蜘蛛嗎？
我在周圍找了找。
沒有。
……沒有吧？呼，果然是夢啊。哈哈哈。
唉呀，其他地方派來的護衛不高興了，要我們別引人注目。
抱歉。
夢、夢。
好好護衛吧。
我叫哥羅。
遇上了好主人的魔犬。

雖然被當成狗，但我是魔獸。應該算相當凶暴。
不過嘛，也沒有淪落到會去攻擊那些照顧我的小不點。
會讓我亮出獠牙的……只有那些想危害主人和小不點們的傢伙。
哼哼哼。

今天也是走一如往常的散步路線。
主人最近到一間很大的屋子裡工作，所以他回家之前，我都會在決定好的地點待命。
到了我這種身分地位，已經不會去嚇唬路過的狗了。
即使不做這種事，對方也會自己逃跑。
唉呀，必須小心住在這間大房子的男人。
他身上滿滿都是危險的氣味。他旁邊那個女人也一樣。
不過嘛，這種氣味好像也被……是叫咖哩嗎？被咖哩的強烈氣味沖得很淡。
主人雖然吃得很開心，但是那味道和我不合。太強烈了。
…………
怪了？
呃……怪了？動彈不得？
汗如雨下。

咦？咦？咦咦咦咦咦咦咦咦？

怎麼了、怎麼了？發生什麼事？尾巴縮起來了？

我的腳在發抖……不、不可以。得保護主人才行。

「昏過去了呢。」

「哈克蓮小姐一旦散發氣息，會這樣不是理所當然的嗎？」

「咦？是我的錯？」

「不、不是，沒這回事……我是說，這隻狗居然沒有逃，相當忠心呢。」

「是啊。店裡的情況呢？」

「沒問題。雖然昨天似乎出了點狀況就是了。」

「是嗎？我想你應該明白……」

「包在我身上。我格魯夫會全力以赴。」

「拜託囉。話說回來……那邊那個男的，是不是有點讓人在意？」

「咦？看起來是個小角色……」

「我的直覺很準。盯著他。」

「我明白了。」

「還有，這隻狗……記得把牠叫醒。」

「是。」

我住在「大樹村」，是小黑大人一族的成員。
普通的地獄狼。
還沒有名字。

老大要去街上，引起「大樹村」一陣騷動。真羨慕能和老大同行的那些傢伙。
我雖然也想去，但是地獄狼在那種地方好像不受歡迎，不適合拋頭露面。真是遺憾。
老大出門後，大家稱呼他「始祖大人」的男子馬上就回來了。
這回似乎要帶幾個老大的女人過去。
該不會……不，主導權在女性們手裡啊？真辛苦。
嗯？座布團閣下的孩子也要去？注意別被發現喔。
……
又回來了。
召集人手……再次上路嗎？
辛苦了。
……

到了晚上……女性們先回來……然後老大他們也回來了。

是不是在那邊會合啊？

隔天也……又是分開移動啊？

雖然不知道他們在幹什麼……

叫始祖大人的男人，加油吧。

然後，到了晚上。

老大的女人們聚在一起。

「今天的報告。」

「村長幾乎沒離開過店裡呢。移動時格魯夫會陪在旁邊，沒問題。」

「部分客人想接近村長，所以我威嚇了他們一下。」

「在店裡的好像是魔王派去的護衛。因為不止一個，所以我搞錯了。」

「海邊也很安全。雖然有幾個海洋種族的聚落，不過表現得很友善。」

「總而言之，似乎不會演變成我們擔心的狀況。」

「可以暫時放心了呢。」

「是呀。雖然我一直很相信村長就是了。」

「啊，喂。妳想背叛大家嗎？妳本來也在懷疑吧？」
「話是這麼說沒錯，不過我心底很相信村長，認為他不會跑去有女性的店家。妳們也這麼想吧？」
「當然。」
「那還用說。」
「所以……我們偷偷跟蹤村長這件事絕對要保密。」
「嗯。」
……既然不是對老大打什麼壞主意，那就沒問題了。

該怎麼說呢。
最近大家的感情變好了？
「咦？是嗎？我們的感情一直都很好啊。對吧～」
「對呀～」
露和蒂雅相視而笑。
…………
再怎麼說，我好歹也和她們相處很久了。
看得出來她們在隱瞞些什麼。
…………

Farming life in another world.

Final chapter

Presented by
Kinosuke Naito
Illustration by
Yasumo

〔終章〕

慶典與懇談

01.夏沙多大屋頂　02.大路　03.街角　04.宿舍　05.馬可仕和寶菈的家　06.已收購的區域

1 慶典的準備與來客

由於始祖大人的本業變忙了，所以來回夏沙多的通勤（？）日子告終。

最後盡可能多運了些調味料和糧食過去，希望大家好好努力。

有困難時記得拜託麥可大人。

保齡球大賽的事，就交給馬龍處理。麻煩了。

還有，始祖大人，謝謝你。

因為真的很感謝始祖大人，所以我考慮要為了他改良一下溫泉地。

村裡已經開始準備慶典。

今年的內容，是去年辦過的問答大會，還有體格分組的騎馬打仗。

按照體格分組的騎馬打仗，就是運動會那種由三人組成馬，讓坐在上面的騎手彼此爭奪帽子或頭帶的競技。

原本打算無視體格差異，不過半人牛族組隊的壓迫感實在太強了。

只有半人馬族的馬不是三人一組，而是一人一組。

不過，騎手會由哈比族或小孩擔任，當成讓分。
面臨這種讓分，終究還是讓半人馬族提出抗議。
「小孩也就算了，哈比族沒有手，搶不走別人的頭帶吧？」
「他們會改用腳。」
「禁止飛行對吧？要在騎著我們的狀態下，用單腳搶走別人的帽子嗎？」
「若是半人馬族就做得到吧？怪了？做不到嗎？」
「做、做得到！」
應付的文官少女組很漂亮地要……咳，說服了對方。
不過再怎麼說，終究還是慶典。
別太拘泥於勝敗。
玩得開心最重要喔。

待在夏沙多的馬可仕和寶菈不參加慶典。
我在來回兩地的期間問過了。
問他們要不要暫時讓店休息，然後回來一趟。
不過，兩人表示想要繼續營業。
似乎是從中找到樂趣了。

原本是打算輪流，但如果當事者有意願，就這麼把夏沙多的店交給他們，或許也是個辦法。
不過嘛，擅自下結論也不好。
會先商量過再作決定。
還有，馬可仕和寶菈，記住你們自己也要每工作六天就休息一天。

舉行慶典的日子將近，四名半人蛇族與四名巨人族來訪。
是為了參加騎馬打仗而調整過人數嗎？
和巨人族同行的還有一人與一隻。
死靈騎士與獅子。
死靈騎士騎在獅子身上。
牠是溫泉地的獅爸爸。
因為死靈騎士一個人會迷路，所以帶他過來？原來如此。
這麼說來，我記得死靈騎士是個路痴對吧。
獅子表示，牠把死靈騎士送到巨人族迷宮門前，結果死靈騎士連迷宮都沒進就自己走失了，才會一路陪到這裡。
幹得好。拿魔獸的肉慰勞你吧。不好意思，回程也拜託囉。

孩子們還好嗎？改天讓我摸摸牠們。

魔王和比傑爾、藍登、優莉一起來。

葛拉茲和荷似乎有工作離不開身，所以不參加。

話題焦點是夏沙多大屋頂。

夏沙多大屋頂的消息傳開之後，好像吸引不少人去考察。

比較急躁的領地，很快就開始仿效。

不過，進行得不太順利。

首先，沒有店家肯進駐。

即使有夠多的店家，聚集的客人也沒有想像中來得多。

我想也是。

如果賣餐飲的店家集中一處，應該能吸引到一定數量的顧客。

因為人們會認為，只要去那邊就吃得到東西。

不過，這個世界的料理技術還不夠進步。

之前露和蒂雅就提過，我在夏沙多街上逛了一趟後重新體會到這件事。

基本上，這裡的人不是烤就是煮。

不管走進哪一家店，都是類似的料理。在我看來沒什麼差別。

而且味道很淡。

夏沙多因為有海港所以海產豐富，又有來自鄰近村落的牛、豬、羊、雞等肉類，所以能夠靠燒烤與燉煮的種類決勝……做不到的地方就難了。

更何況，沒有咖哩店「馬菈」這種能吸引客群的店家也是個問題。

在這種情況下招攬餐廳，顧客也只會在附近的食堂解決。

就算仿效系統，也不代表會一切順利。

就和振興村落一樣。

即使模仿已經有成效的地方，也不代表自己來就會有成效。

必須採取適合當地的措施才行。

…………

變得像在說教。反省。

但是，我不希望讓其他城鎮因此混亂。

也不想招來沒理由的怨恨。

這些事我當然有告訴魔王他們，另外也該和麥可大人說一聲。

如果他有參加這次慶典就好了，但是那邊好像很忙。

不過，也有些工作是我丟過去的……真抱歉。

還有，那個阿魯巴特羅斯家的嫡子。

似乎認真地在教會勞動。

據說他起先不怎麼認真，但是在他的朋友造訪教會並且帶頭勞動之後，他就洗心革面了。

既然有這種朋友，應該不至於做出那種事呀？仔細一問才知道，他們原本是酒肉朋友，不過那位朋友先一步改過向善，和阿魯巴特羅斯家的嫡子鬧翻了。

那位朋友原本已經宣告兩人不再來往，但是聽說阿魯巴特羅斯家的嫡子交給教會後，讓他變得坐立難安……

那位朋友雖然沒有住下來，卻經常拜訪教會。

這是藍登告訴我的。

「你還真清楚耶？調查過啦？」

「因為那位朋友，就是夏沙多代官的兒子。」

原來如此。

我聽不少人說過，夏沙多的代官很優秀。

居然能讓學壞的兒子重新做人啊？真是厲害。

不，真的厲害應該在學壞之前就採取行動吧。

即使如此，依舊相當不簡單。

…………

雖然我相信阿爾弗雷德他們不會學壞，不過那畢竟是未來的事。
必須記得和兒女保持良好的溝通。

與芙勞和文官少女組重逢的優莉，愉快地喝著茶。

「夏沙多那件事，妳們參與了多少？」

「頂多只有食材管理。經營的部分完全沒有碰……真抱歉。」

「這樣嗎？那就麻煩了。」

「發生什麼事了嗎？」

「問我發生什麼事……妳們應該知道這位村長在夏沙多做了什麼吧？」

「嗯，開了一家店對吧。按照村長的說法，那家店比他原本想的還要大，讓他嚇了一跳。」

「嚇了一跳……就只是這樣？」

「因為是村長嘛。」

「或許是這樣沒錯……總而言之，我也想要些情報。畢竟我不像父親大人他們一樣有情報來源。」

「老實請教村長不就好了嗎？」

「或許是這樣沒錯，但是我沒有能支付的報酬。」

「放心。只要裝扮有趣一點，人家馬上就會告訴妳。準備一下。」

「有趣的裝扮？咦？咦？妳在說什麼啊？」

呃，不用弄什麼有趣的裝扮我也會說啦。
不過我有點好奇她會穿成什麼樣子，所以沒說出口。
…………
野狼造型的睡衣啊。
與其說有趣，不如說可愛吧。
雖然她好像意外地很喜歡……
穿成那樣在外面走，不會被當成魔獸嗎？
從前面看也就算了，從後面看就像隻站著的野狼啊。
啊，那個姿勢很可愛喔。好好好，要聽什麼儘管問，我會講啦。

在魔王他們之後，德斯、萊美蓮、德萊姆、葛菈法倫，還有基拉爾抵達。
「古拉兒，這段時間過得好嗎？」
「嗯。」
基拉爾和古拉兒的擁抱十分溫馨。
德斯看在眼裡。
「哈克蓮，這段時間過得好嗎？」
「……」

「好冷淡。她的眼神好冷淡。」

你在幹什麼呀？

一旁的德萊姆和葛菈法倫則是在寵拉絲蒂。

不過……

「這次來得比較少呢。」

「嗯。因為發生太陽城那件事嘛，我們有留意。」

德斯回答了我。

原來如此。

太陽城在設計時，有將龍族的聚集與移動寫進觸發條件裡。

他表示，或許還會有別的條件也說不定。

讓他們費心了。

「其實我和萊美蓮原本也該迴避的。」

德斯的目光，看向正在疼愛火一郎的萊美蓮。

「但是她看起來很期待，我實在說不出口。」

我想也是。

唉呀，如果還有其他條件，應該早就觸發了吧。

不要太在意。

慶典當天。

各村居民逐漸抵達。

今年四號村——太陽城的惡魔族、夢魔族與貝爾，是第一次參加。

葛沃似乎負責看家。

今年的會場不在競技場而在賽馬場，不過原因和慶典主軸是騎馬打仗無關。

賽馬場的旁邊設有帳棚，提供大家餐點。

以前製造的露營馬車也相當活躍。

這東西在慶典時真方便啊。

再弄個兩、三臺……算了，反正每年也只會用到幾次而已。

之後再和大家商量看看吧。

嗯？

慶典差不多要開始了，所以要開幕致詞？

了解。

接著馬上就是問答大會了對不對？

我知道了。

那麼，開始舉行今年的慶典吧。

2 慶典　問答大會與騎馬打仗

首先舉行的是問答大會。

簡單的○×是非題。

人家唸出問題之後，覺得是○的人就移動到○的區域，覺得是×的人就移動到×的區域。

所以誰都可以參加。

去年是餘興節目，不過今年變成正式項目。

另外，問題會大致分為幾種類型，內容也分得更細。

類型共有「村內一切」、「世界」、「作物」、「魔物」與「龍」這五種。

因為我覺得，如果每個類型分別有優勝者，領到獎的人應該會增加，如此一來，也能把獎勵牌和迷你獎盃發出去。

至於問題的難度，這次也會改成愈來愈難。

完美。

「村內一切」類型　優勝者　露
「只要不像去年那樣出奇怪的問題，我就不會輸。」
與其說是怪問題，不如說是太冷僻的問題吧。

「世界」類型　優勝者　魔王
「畢竟是魔王嘛，碰上這類問題可不能輸。」
「那邊抱膝縮著的比傑爾和藍登呢？」
「別在意。」

「作物」類型　優勝者　芙勞
怎麼可能！
我居然會輸……
「發貨目的地的問題決定了勝負。」
「魔物」類型　優勝者　座布團

競爭到最後的小雪和格魯夫顯得很不甘心。

「和我知道的生態不一樣……」

貝爾一開始就答錯了，大受打擊。

「龍」類型　優勝者　火一郎

正確說來，是抱著火一郎的萊美蓮。

嗯，沒人有意見。

以結果來說氣氛相當熱烈，活動成功。

但是，難度調整的部分就不好說了。

有種贏家贏得太順利的感覺。

難度或許還是像上次那樣隨機比較好。

不，還是該增加題目的類型？

在檢討會上討論吧。

慶典主軸！

騎馬打仗。

由於是按照體格分組，所以先從小尺寸組開始。

老實說，體格差距沒有區分得很嚴。因為有個人差距和種族差距。

我們會先安排當成標準的馬與騎手，然後讓大家判斷體格是否接近標準。

小尺寸組的標準，是馬和騎手都由高等精靈組成的隊伍。

換句話說，是普通大小。

四名矮人組成的隊伍雖然小了點，不過ＯＫ。

半人馬族載哈比族的搭檔，也是參加這一組。

參加隊伍，總共三十二隊。相當多。

高等精靈四隊。

蜥蜴人兩隊。

山精靈兩隊。

鬼人族女僕兩隊。

獸人族兩隊。

矮人四隊。

一號村的人類兩隊。

太陽城的惡魔族與夢魔族混編六隊。
半人馬族＋哈比族六隊。
還有，芙勞＋文官少女隊。
魔王、比傑爾、藍登，加上格魯夫一隊。

騎手們戴上草帽取代頭帶。
如果是頭帶，要搶下來時可能會打傷人家的頭或臉，所以在測試的時候改成了草帽。
草帽一離開頭就出局。
還有，馬可以散掉，但是騎手落地就出局。
騎手以外的人，禁止攻擊或阻礙其他隊伍。
當然，不能使用武器，只能空手。
不過，就競技層面來說，允許馬互相碰撞。
場地在賽馬場的跑道內側。
雖然相當大，不過簡單易懂。
按照規則，一旦踏上跑道同樣算是出局。
雖然優勝隊伍是剩下的最後一騎，但搶來的草帽不會轉移到別人手裡，然後之後會按照草帽數頒發獎勵牌，所以希望大家好好努力。

「村長，您認為最有希望的選手是誰？」

擔任主持人的文官少女組，向我徵求意見。

「嗯……………應該還是魔王那一隊吧。」

馬由格魯夫領頭，後面是比傑爾和藍登。

比預期還要適合草帽的魔王騎在上頭。

「魔王大人的隊伍嗎？我覺得格魯夫大人當騎手比較容易勝出。不過雖說是在玩，畢竟還是不能讓魔王大人當馬啊。」

「是啊。」

而且，被魔王和兩名四天王圍住的格魯夫，有點令人同情。

一開始魔王逮住的是一號村的傑克，格魯夫看到之後主動提議和傑克換。真是個好人。

各隊伍拉開適當的距離後，笛音響起，騎馬打仗開始。

全員事前都已經組隊練習過，所以沒有不知所措。

但是，沒什麼動作。

可能是因為要戰到剩下最後一隊，所以大家互相牽制吧。

最先採取行動的，是其中一隊矮人。

「衝啊啊啊啊啊啊！」
他們撲向附近的高等精靈隊伍。
遭受攻擊的高等精靈隊伍，逃往其他隊伍所在處，於是大家開始行動。
「分成積極攻擊的隊伍和消極逃跑的隊伍呢。」
「體力充沛的隊伍發動攻擊，體力不足的隊伍則採逃跑策略……啊，不過半人馬和哈比族搭檔是滿場跑耶。」
「因為混戰不利吧。這麼做應該是要利用場地的寬廣。」
「如果讓半人馬族跑掉，不就追不上了嗎？」
「……等隊伍減少到一定程度就縮小場地吧。」
「也好。那麼，等到隊伍只剩半數之後，就將場地縮小成一半。」
「拜託了。」
場上，魔王隊遭到包圍。
包圍他們的隊伍，大概是要聯手擊潰強敵吧。
「怎麼辦？要突破？還是要迎擊？」
格魯夫要求魔王指示。

回答的是比傑爾。

「魔王大人，右邊的矮人和高等精靈之間有空隙，從那邊逃走吧。」

「不，逃了還是會再次被圍住。這時候應該瞄準團隊合作不佳的鬼人族。」

藍登反駁。

此時魔王進一步反駁他。

「藍登，那是陷阱。你想想看鬼人族女僕們平時在這個村子裡工作的情形，你覺得她們的團隊合作會差嗎？」

「這、這麼說來確實……」

「居然被人家小看了呢。這種程度的演技對本魔王怎麼可能管用！」

「不愧是魔王大人。」

「哈哈哈哈哈。」

魔王放聲大笑，此時格魯夫再次詢問。

「所以，該怎麼辦？」

「採用比傑爾的意見。上吧。」

「是！」

魔王隊以巧妙的動作突破了包圍。

不過很遺憾，包圍魔王的隊伍裡有芙勞在。

「如我所料突破了呢。各位，改變隊形。」

包圍之外還有包圍，魔王隊遭到擊潰。

搶走魔王帽子的，是矮人隊之一。

原本以為身高差距會讓他們碰不到，不過連人帶馬的跳躍相當漂亮。

雖然著地失敗把騎手摔了下來。

接著，由於魔王敗陣，原先合作的各隊再度分裂……

相當有看頭。

經過一段時間相當長的激戰後，由蜥蜴人隊伍取得優勝。

取得的帽子也多達五頂，是連戰連搶的結果。

「攻擊才是最大的防禦。」

優勝的蜥蜴人們維持原隊伍繞場，回應觀眾的歡呼。

接著是大尺寸組。

半人牛族四隊。

蒂雅擔任騎手，加上格蘭瑪莉亞、庫德兒和可羅涅的隊伍。

露擔任騎手，加上琪亞比特、蘇爾琉與蘇爾蔻的隊伍。
半人蛇族和巨人族各一隊。
另外，死靈騎士擔任騎手的獅子隊也參賽了。
「這樣會不會太詐了？」
抱怨的不是其他隊伍，而是參加小尺寸組的半人馬族。
但是，其他參加隊伍都表示ＯＫ，所以沒問題。
總共九隊進行比賽。
規則和小尺寸組一樣。

首先，蒂雅和露的隊伍聯手。
大概是已經商量好，要先把其他隊伍擊潰之後再單挑。
或許是因為阿爾弗雷德和蒂潔爾在看，所以想展現自己帥氣的一面。
不過，她們的如意算盤很快就毀了。
死靈騎士和獅子擋在前面。
露和蒂雅必須攜手合作，才能勉強避開死靈騎士的攻擊。
一旁，半人蛇族以整齊劃一的動作迎戰巨人族隊伍。

半人蛇族之所以能這麼做，原因大概在於下半身是蛇吧。
她們滑溜地躲開巨人族想搶走帽子的手。
半人蛇族迅速地繞到巨人族側面，一口氣伸長尾巴舉起騎手。
接著擔任騎手的半人蛇族跟著伸出尾巴，瞄準巨人族騎手的帽子。
原本以為半人蛇族會取得勝利，結果巨人族騎手反過來抱住半人蛇族的騎手，搶下帽子。
「和血腥腹蛇交手的經驗，派上用場了。」
意思是碰上和蛇有關的事就會變強嗎？
半人蛇族不甘心地退場。

半人牛族彼此互鬥。
身長達二至三公尺的半人牛族隊伍，相當有魄力。
看起來很有意思。

大尺寸組的優勝，是死靈騎士與獅子。
他們擊破露和蒂雅的隊伍，並且突襲半人牛族的倖存者，最後和巨人族隊伍單打獨鬥。
決勝關鍵應該是獅子的跳躍吧。
真是精彩。

接著進行的，是特別組。
半人馬族背上載著天使族的琪亞比特、蘇爾琉、蘇爾蔻、格蘭瑪莉亞、庫德兒、可羅涅，以及高等精靈莉亞與鬼人族女僕安。
除此之外，還有再度參賽的半人蛇隊和死靈騎士獅子隊。
場地不是跑道內側，而是直接使用跑道。
一圈決勝負，追加了不搶帽子也沒關係，由最先抵達終點者獲勝的規則。
只不過，這麼一來從一開始就全力衝刺還比較簡單，所以途中安排了障礙物，或者說會瞄準帽子的敵人。
敵人並非其他隊伍，而是哈比族。
一旦進入路線上的特定區域，他們就會從空中俯衝而下搶奪帽子。
這是實驗性質的障礙賽版騎馬打仗，不曉得會怎麼樣。
宣告開始的笛音響起。
分成立刻開始搶奪帽子的隊伍，以及朝終點前進的隊伍。
朝終點前進的，有蘇爾蔻、庫德兒、可羅涅和莉亞。
大概是判斷比較快吧，蘇爾蔻領先了幾個馬身。

不過，她遭到俯衝而來的哈比族集中攻擊，帽子被搶走了。
看樣子與其率先進入有哈比族的區域，不如集團移動比較有利。
追趕在後的庫德兒、可羅涅和莉亞，則是臨時合作躲避哈比族的攻擊。

搶帽子那幾隊裡，琪亞比特和格蘭瑪莉亞戰得不相上下。
但是，遭到擊潰其他隊伍的安與死靈騎士從旁襲擊而敗北。
原本以為剩下的安和死靈騎士要單挑，結果他們為了迎擊快要跑完一圈的庫德兒、可羅涅與莉亞，
轉過頭來往回跑。
原來如此。因為沒有禁止逆向，居然還有這種手段。
不過，相對於安和死靈騎士非得搶走帽子不可，庫德兒、可羅涅與莉亞則只要衝過終點就算勝利。
究竟會如何呢……
安搶走了庫德兒的帽子，死靈騎士搶走了莉亞的帽子。
不知該說是運氣好還是掌握到訣竅，可羅涅躲過安和死靈騎士抵達終點。
她贏得了優勝。

啊……死靈騎士真的很沮喪。
獅子在安慰他。

好一幕感人的畫面。

啊，嗯。

安就由我負責安慰吧。

最後，是小朋友組。

以烏爾莎為首的小朋友們，騎在小黑的孩子們身上參賽。

因為這等於是在玩，所以我特別提醒小黑的子孫們，別把騎手甩下來。

不可以受傷喔。

我最擔心的，就是阿爾弗雷德堅持要參加。

他年紀明明還小。

只能祈禱他不要落馬……應該說落狼。

啊，座布團會幫忙盯著是吧。

有危險的時候會用絲線幫忙接住他？謝謝妳，拜託囉。

比賽開始。

我原本以為場上的氣氛會很溫馨……但是烏爾莎看來會全力以赴。

能和她對抗的……是古拉兒啊。

然後是獸人族男孩。

…………

阿爾弗雷德，可以逃跑喔。

逃跑並不可恥。

這邊。

往這邊跑。

慶典應該可以說很熱鬧吧。

「怎麼樣？」

我向悠哉喝茶的貝爾搭話。

「相當有趣。特別是最後的節目。」

小朋友組結束之後，就是自由參加的騎馬打仗。

德斯和基拉爾都有參加，所以相當麻煩。

德斯和基拉爾終究還是對騎在女性組成的馬上有點排斥，所以召集了為數不多的男性。

魔王、比傑爾與藍登都有參加。

當然，我也被拖下水了。

老實說，在旁邊看或許很有趣，但是自己下場就覺得很恐怖。

現在正在舉行算是慣例的……？相撲與比腕力。

半人牛族和巨人族的相撲很受歡迎呢。

「好久沒有開懷大笑了，希望您明年也找我們來。」

「每年都會找大家來喔。明年葛沃也能來了吧？」

「嗯，應該沒問題吧。其他人差不多也該醒了。」

其他人……就是指貝爾和葛沃的同伴。

記得他們是為了節省燃料而休眠。

「雖然應該會很辛苦，不過加油吧。」

「辛苦？」

「說明狀況。應該變了很多吧？」

「的確。我會努力。」

之後，我和貝爾討論起在太陽城種植調味料作物的計畫。

雖然不需要在慶典日討論，但是我和貝爾畢竟都很忙啊。

「村長，騎馬打仗用的帽子，我想帶一頂回去當紀念。」

貝爾想要草帽。

「我想說只會用這一次，所以做得很粗糙耶？」

「紀念嘛。」
「如果是這樣就無妨。請拿吧。」
…………
魔王、德斯和基拉爾也想要。
請拿吧。

好啦，明天……要收拾善後，還有開檢討會。
也得考慮一下夏沙多店面的事……
唉呀，今天還是慶典。
現在還不想睡……我決定找人聊天。

3 慶典之夜的懇談

一號村。
樹精靈和人類的混合村。
農業進展順利。

田地不大，主要種植薯類與豆類。
畜產以雞和豬為主，其他還在學習。
此外，村子附近植有竹林，因此會生產一定數量的竹製品。
也種了適合造紙的植物。
若要說有什麼問題，就是還有空屋吧。
我在考慮繼續從別處找人搬過來。
另外，村民們希望試著栽種菇類作物。
尤其是黑松露。
但是，要找出長在土裡的菇類很辛苦喔？
喔，原來如此，要利用豬找出黑松露啊？
我知道了。
等我有空的時候，就闢一塊菇田吧。
不過，注意別讓豬吃掉囉。

二號村。
半人牛族的村子。
他們是從農村搬來的，所以農業進展得非常順利。

主要種植小麥、大麥、玉米、包心菜、白菜和馬鈴薯。
之前種過小米、稗與黍，不過改成大麥和玉米了。
另外，水果類則有橘子、桃子、蘋果、梨子，還有檸檬與萊姆。
今年還擴大了田地，持續努力。
目標似乎是自給自足。
喔，好像不是在考慮獨立，而是想先讓二號村的產量能夠餵飽二號村所有人。
剩下的則用來交換「大樹村」的作物，到這個地步才算得上獨當一面的村子。
其實產量已經達到目標了，但他們好像覺得還不夠。
「因為我們想把一半的作物獻給村長。」
你們的心意我很高興，但是不要太勉強。
畜產以山羊為主，加上少量的雞、豬、綿羊、牛。
長得都很不錯。
半人牛族養牛雖然感覺有點詭異，但他們倒是不怎麼在乎。
雖然都在他們面前吃過牛肉了，事到如今提這個好像也沒意義。
沒什麼大問題。
看樣子人口會就這麼成長下去，讓村子的規模愈來愈大。
希望大家好好努力。

要求……想要農具？現在用的農具已經開始出現損傷了？
這不是要求，而是碰上的問題吧？
我馬上替你們準備。

三號村。
半人馬族聚集的村子。
古露瓦爾德他們先搬進來，之後芙卡男爵等人才入住。
所以我有點擔心會不會形成奇怪的派閥，但是目前好像沒出現問題。
芙卡男爵還年輕，願意乖乖聽古露瓦爾德的話，這點似乎是關鍵。
將來把兩人湊到一起……失禮了。兩人都是女的。
農業以紅蘿蔔、白蘿蔔、茄子、南瓜、馬鈴薯與番薯為主。草莓、西瓜和哈密瓜也在努力當中。
水果類是桃子比較多，再來是柿子和橘子。今年還開始種石榴。
畜產以雞為主，加上一些豬、山羊、綿羊、牛。
闢完田地之後，我原本擔心半人馬族的體格該怎麼應付需要彎腰的農活，不過他們倒是得心應手。
「和腰的問題相比，走路時要避免後腳踩壞作物還比較辛苦。」
原來如此。
是不是採取些應對措施比較好？像是把間隔加大之類的？

問題點……現在雖然沒什麼狀況，但是因為芙卡男爵一行人裡有男性，因此出現了嬰兒潮。儘管值得高興，但是有可能持續到明年。

大家慶祝一下吧。

要求是……增加住家是吧。

了解。

嗯？還有希望有個圍住村子的跑道？

知道了，那就做吧。

太陽城暨四號村。

惡魔族、夢魔族，還有貝爾、葛沃等墨丘利種在此生活。

按照貝爾的說法，似乎再過不久其他墨丘利種就會醒來開始活動。

農業就用我耕出來的田地，今年以讓大家習慣農活為目標。

基本上是白蘿蔔、紅蘿蔔、包心菜、馬鈴薯、番茄、黃瓜與茄子等。

水果類我則是自作主張種了木瓜、芒果、香蕉、鳳梨、山竹與荔枝之類的熱帶水果。

明年除了這些之外，預定還要種植調味料作物。

實際上，是為了夏沙多的咖哩店「馬菈」。

我已經和代理村長庫茲汀，以及身為四號村指導者的葛沃、貝爾講過了。

一切拜託了。

問題點是……村民的生活能力。

之前他們都窩在城裡躲避魔物，幾個世代過去之後，基本生活能力似乎出現了落差。

夢魔族會打掃洗衣，但是惡魔族做不到。

所以，目前夢魔族正在教惡魔族打掃洗衣。

料理先前都是以迷宮薯為主食，所以頂多就是煮湯或直接烤來吃。

葛沃和貝爾是由太陽城供應能源，所以不需要下廚。

換句話說，他們就算能夠從田裡的收成取得糧食，也沒辦法料理。

這裡種的作物大多數能直接吃，原因就在這裡。

目前是鬼人族女僕和高等精靈輪流帶食材過來教他們做菜。

另外，雖然已經清理掉魔物讓大家可以出城，卻還是有幾個人留在城內生活。有幾個人異常地害怕陽光。

…………

讓他們慢慢習慣吧。

不可以急喔。

酒史萊姆。

跳來跳去的呢。

葡萄酒比啤酒好？白酒雖然也不錯，但是紅酒最好？

原來如此，是在催我啊？

這就去幫你拿啦。

貓。

被治癒了……希望牠就這麼待著。

我把牠抱到腿上要摸，結果小黑也把下巴靠了上來。

那就一起摸吧。

啊……別排隊、別排隊。

乖乖乖。

諾斯底蜂。

謝謝你們長期提供蜂蜜。

有什麼需要的東西嗎？

…………

想吃些比較特別的水果？

等太陽城的熱帶水果收成之後就拿些過來吧。
其他的……西瓜怎麼樣？雖然水分很多，但是應該還不壞吧？
……你們明明是蜜蜂，卻會吃水果啊？
啊，一開始好像就是這樣。
記得座布團的孩子當時好像有拿草莓給你們。
西瓜不夠甜？我覺得已經夠甜了……要灑點鹽嗎？
鹽不行，砂糖比較好？
知道了、知道了。
就遵從女王陛下的旨意吧。

土人偶。
烏爾莎最近怎麼樣？
啊～嗯，辛苦你了。
我家的阿爾弗雷德也變得很好動呢……
彼此加油吧。
要吃西瓜嗎？
不需要吃東西？

這樣啊，那我先切一下，可以幫我拿給烏爾莎他們嗎？
他們還醒著吧？
睡前吸收水分很危險？
哈哈哈。
的確。
但是，烏爾莎……應該說烏爾莎他們。
正往我們這裡來喔。
烏爾莎他們隨手拿起西瓜吃掉後，又往下一個目標移動。
好像是草莓。

死靈騎士。
嗯，一喝酒就會漏呢。
矮人在瞪了，你拿水將就一下吧。
獅子今年可能也會生產，拜託囉。
這麼說來，我還以為獅子的生態是好幾頭雌獅圍著一頭雄獅……
算了，畢竟是會飛的獅子嘛。不能用常識評斷吧。
獅子也吃西瓜嗎？

沒切的還剩下幾顆……哦哦！整顆啃啊。

冬天待在溫泉地或許會比較舒服，但是夏天沒問題嗎？

改天我會過去替始祖大人多弄些設施，如果有什麼需要的可以幫你們做喔。

嗯？下雨時的避雨處？小屋不行嗎？

因為那邊已經有死靈騎士他們在了？

不用那麼客氣……啊，獅子的身體比較大嘛。

改天我把岩層鑿開，替你們弄個睡覺的地方吧。

基拉爾。

……醉倒了呢。

龍要是喝醉，可不會有什麼好事喔？

我看著旁邊同樣倒下的德斯。

德萊姆正在照顧兩人。

萊美蓮……啊，和哈克蓮一起回去哄火一郎睡覺了。

孫子比丈夫重要啊？

但是……

拉絲蒂也是孫輩吧？

拉絲蒂那時也是類似的感覺嗎？

拉絲蒂那時顧慮到德萊姆的太太，所以不太插手。

呃……絲依蓮的女兒，海賽兒呢？

那時是顧慮到她丈夫馬克斯貝爾加克。

一來馬克斯貝爾加克在別的龍族裡頗有地位，二來旁邊還有相當於奶媽的龍。

原來如此啊。

火一郎大概是因為我不會囉嗦，又是自己女兒生的，所以不太需要顧慮吧。

萊美蓮擔心哈克蓮不會帶孩子？

是這樣嗎？

她做得很好呀？

要我回想一下她剛來村裡的樣子……啊～的確。

哈克蓮剛到這裡時，非常自由奔放。

好吧，替我轉告萊美蓮，只要哈克蓮不排斥，隨時過來都沒關係。

要委婉一點喔。

座布團。

嗯？戒備嗎？看來不是。座布團背上，載著醉倒的座布團孩子們。辛苦了，我來幫忙吧。

剩下還沒聊到的……

嗯？

有人抓住我的手。

往旁邊一看，是身體變大的露。

「我覺得你差不多可以來陪我囉？」

露所指的桌子那邊，還有蒂雅、莉亞、安和賽娜……

放心。

我不會跑。

我們就徹夜暢談吧。

所以，別用那邊的桌子，來這邊。

嗯，因為那邊離家比較近。

妳們想想看，阿爾弗雷德他們已經睡了吧？

雖說是慶典之夜，吵吵鬧鬧的還是會給大家添麻煩嘛。

還有，桌上怎麼都是酒啊？

喝過頭可不行喔～哈哈哈。

夜晚很長。

閒話　夢魔族

我叫維納沃爾娜，夢魔族女性。

許多夢魔族與惡魔族，一起在太陽城生活了約五百年。

雖然因為魔物而無法出城，卻沒有什麼被關住的感覺。

原因大概在於，夢魔族本來就不太愛活動。嗯，絕對不是因為夢魔族把惡魔族關在城裡喔。

然後呢，我們夢魔族和惡魔族居住的太陽城，被一柄長槍攻陷了。

對，是會讓人屈服的一擲。

我們的戰意煙消雲散。澈底投降。

擲槍者的部下，輕而易舉地解決掉了讓我們無法出城的魔物。

畢竟他派來的部下是龍和地獄狼嘛，這也是理所當然的吧。

啊，雖說是龍，但可不是普通的龍喔。

那是神代龍族（Ancient Dragon）。全世界連一百頭都找不出來的稀有種，被稱為「世界管理人」或「世界調停者」的

種族。

照理說應該不會去當別人部下才對。這就是時代的變遷嗎？

然後是地獄狼。

只要一隻就可稱為災害的凶暴魔獸，為什麼會成群結隊啊？還是坐在龍的背上過來……這畫面簡直像是在開玩笑。

無論如何，我們能出城了。就這點來說值得慶幸。

要說令人在意的，就是新一任太陽城支配者是個怎樣的人。

我們夢魔族，因為外表與性質而受到許多誤解，就算有人不容許我們存在也不足為奇。

以前雖然有神人族庇護，但是現在已經沒了。

能保護我們的，只有長年來一起生活的惡魔族。雖然他們比我們強，但還是希望他們不要太逞強。

畢竟不管惡魔族的人多努力，我都無法想像他們打贏龍和地獄狼的畫面。

白擔心了。

新的太陽城支配者非常溫厚。

可是，為什麼太陽城會選上惡魔族的庫茲汀當城主呢？

在這之前，他明明堅決不讓惡魔族當城主耶？

總而言之，寬大為懷的新任太陽城支配者，宣告我們可以像之前一樣生活。

謝謝您。

…………

話說回來，為什麼我被綁著？我的同伴也一樣？

呃，我們沒有造反之心呀？我們已經澈底投降了。既然如此，為什麼要綁我們？

發動攻擊？這話是什麼……啊，不是啦。我和我的同伴，只是要對新的太陽城支配者表達感謝之意而已。那不是攻擊，只是想讓他作個好夢。

我們夢魔族，能夠讓異性作夢。

無論怎樣的夢，美夢和惡夢都行。

所以在攻擊敵人時會讓對方作惡夢，向友方表達感謝時則會讓人家作美夢。

咦？因為不知道是什麼夢，所以不能讓我們做出危險的行為？怎麼這樣！

就在我們為難時，新的太陽城支配者原諒我們了。

還釋放了我們。

啊，心胸真是寬大。

咦？因為綁起來的樣子很煽情？您在說什麼，我不太清楚耶？

我們的服裝嗎？因為種族特性所以我們不會穿太多……我明白了。
我們這就多穿一件。啊，再一件嗎？我、我明白了。
所以，我們該什麼時候去寢室待命呢？
不需要？
…………
呃，不好意思。麻煩再說一次。
…………………
剛剛似乎沒聽錯。
咦咦咦咦！意思是不需要我們的夢嗎？啊，擔心作惡夢？要是有什麼萬一讓您作了惡夢，處死我們也沒關係！
我們已經有了這樣的覺悟！
對於我們的熱情，新任太陽城支配者點頭表示接受。
不過，他並不是允許我們讓他作夢，而是給我們一個了解新任太陽城支配者的機會。
說得簡單一點，就是允許夢魔族在新任太陽城支配者的寢室隔壁觀察。
雖然只有我一個人，由我代表整個夢魔族。

原來現實可以比夢境還要誇張。
實在是非常抱歉。
居然想讓您在夢中也應付人家。
是的，還請您睡得熟一點，熟到連夢都不會作。
您已經很努力了！
還有，向新任太陽城支配者致上最高的敬意。啊，是普通的敬意喔。不是夢。

閒話 射靶攤

我叫鮑伊，十歲。
小家庭的次子，父親是見習商人，母親在旅店工作。
因為是這種家庭背景，所以沒有什麼零用錢。
頂多是在附近的店家持續幫忙個十天後，勉強能賺到一枚中銅幣。
不過嘛，雖說是幫忙，也只有取水和帶小孩就是了。

這樣的我呢，人生有了轉機。

街上開了一間很大的店，店內一角有個射靶攤。

這是用玩具弓箭射擊靶子的遊戲場。

不是單純的遊戲場，射中目標得分的話可以領獎。

挑戰費是一枚中銅幣。

有三支箭，因此可以挑戰三次，不過獎品是看總分，所以一支都不能浪費。

靶上畫著魔物的圖案。有點可怕。

雖然只要命中就有分數，不過像眼睛和嘴巴之類的弱點，得分比較高。

如果想要好獎品，就必須瞄準這些地方。

雖然非瞄準不可，但是要瞄準也沒那麼簡單。

因為靶子會動。

雖然靶子似乎是靠某種機關移動所以有規律，但我持續觀察還是看不出來。不過，有些特徵。

讓靶子移動的機關，是靠人力運作。

會有人施力讓奇怪的大輪子轉動，轉動的節奏有特徵。

當然，並不是每天都由同一個人負責。但是，我持續觀察之後，已經澈底掌握某幾個人的節奏了。

只要挑那些人負責的時候挑戰……哼哼哼。

我大約每十天挑戰一次，把價值在一枚中銅幣以上的獎品帶回家。目前為止獲得的獎品有「加點免費券」、「咖哩免費券」、「短劍」、「小盾」、「蠟燭二十根」、「火把」、「柴薪五捆」和「中銅幣五枚」等。

「加點免費券」如果不點咖哩就沒用，所以我會拿去賣給在咖哩店「馬菈」排隊的人。能加點的東西最貴到十枚中銅幣，所以通常可以賣個兩到三枚中銅幣。

第一次拿到「咖哩免費券」時，我沒有賣掉而是自己吃，因為我之前就很感興趣。結果和預期中一樣好吃，讓我很後悔。因為和家裡吃的東西落差太大了。

從此以後，「咖哩免費券」我也會賣掉。可以賣三到四枚中銅幣。

「短劍」和「小盾」成了我的寶物。將來或許當個冒險者也不壞。

「蠟燭二十根」、「火把」與「柴薪五捆」則是拿給了父母。他們相當開心，所以我希望還能再帶些回去。

「中銅幣五枚」最讓人開心。因為這等於挑戰費變成五倍回到我手邊。

很遺憾，這些獎品還不是最高級的。

還有「中銅幣十枚」、「中銅幣二十枚」、「高級旅店住宿券」、「漂亮的衣服」、「帥氣的帽子」和「保齡球優先券」等，種類很多。

但是，要取得這些獎品，需要很高的分數。
想得到這種高分，只瞄準普通靶是做不到的。需要瞄準那些躲在後面很難命中的靶。
我試過一次，完全沒辦法。
光是抓到節奏的特徵還不夠。需要有壓倒性的技術。
現在的我還不行。要量力而為，看準自己做得到的範圍。
這樣就夠了。

幾天後。
移動靶子的機關，從人力改成魔道具了。
…………
「嗚喔喔喔喔喔喔喔喔喔喔喔喔喔喔喔喔喔喔喔喔喔喔！」
我在店裡慘叫。
啊，不，沒事。只是有點受到打擊而已。
總而言之，先冷靜下來。平心靜氣地觀察魔道具。
很好，節奏沒有什麼特徵。
這下麻煩了。該怎麼辦呢？抓不到節奏根本不能挑戰。
嗚……撤退。

於是我回到家，拿出最後一次得到的獎品「射靶用的弓箭組」。

要我用這個練習是吧。

好，那就以最高價的獎品為目標，加油吧！

我叫鮑伊。

將來要成為知名神箭手的男人。

Farming life
in another world.
Presented by Kinosuke Naito
Illustration by Yasumo

05

登場人物辭典

Characters
Isekai Nonbiri Nouka

◉人類

【街尾火樂】
穿越者暨「大樹村」村長，在異世界努力從事過去夢想的農業。

◉地獄狼族

【小黑】
村內地獄狼的代表，也是狼群的首領。喜歡番茄。

【小雪】
首領的伴侶。喜歡番茄、草莓與甘蔗。

【小黑一／小黑二／小黑三／小黑四　其他】
小黑和小雪的孩子們，排行一直到小黑八。

【愛莉絲】
小黑一的伴侶。優雅恬靜。

【伊莉絲】
小黑二的伴侶。個性活潑。

【烏諾】
小黑三的伴侶。應該很強。

【耶莉絲】
小黑四的伴侶。喜歡洋蔥。性情凶暴？

【吹雪】
小黑四與耶莉絲的孩子。是變異種的冥界狼。全身雪白。

【正行】
小黑二與伊莉絲的孩子。有多位伴侶，是隻後宮狼。

◉惡魔蜘蛛族

【座布團】
村內惡魔蜘蛛的代表，負責製作衣物。喜歡馬鈴薯。

【座布團的孩子】
座布團所生的後代。一部分會於春天離家旅行，剩下的留在座布團身邊。

【枕頭】
座布團的孩子。第一屆「大樹村」武鬥會的優勝者。

◉諾斯底蜂種

【蜂】
村裡飼養的蜜蜂。與座布團的孩子維持共生（？）關係，為村子提供蜂蜜。

◉吸血鬼

【露露西・露】
村內吸血鬼的代表，別名「吸血公主」。擅長魔法，喜歡番茄。

【芙蘿拉・薩克多】
露的表妹。精通藥學，正在努力研究味噌與醬油。

【始祖大人】
露和芙蘿拉的祖父。科林教的首領，被信徒稱為「宗主」。

●鬼人族

【安】
村內鬼人族的代表兼女僕長。負責管理村裡的家務。

【拉姆莉亞斯】
鬼人族女僕之一。主要負責照顧獸人族。

●天使族

【蒂雅】
村內天使族的代表，別名「殲滅天使」。擅長魔法，喜歡黃瓜。

【格蘭瑪莉亞／庫德兒／可羅涅】
蒂雅的部下，以「撲殺天使」的稱號聞名。不時要負責抱著村長移動。

【琪亞比特】
天使族族長的女兒。

【蘇爾琉／蘇爾蔻】
雙胞胎天使。

●蜥蜴人

【達尬】
村內蜥蜴人的代表。右臂纏有布巾，力氣很大。

【娜芙】
蜥蜴人之一。主要負責照顧二號村的半人牛族。

●高等精靈

【莉亞】
村內高等精靈的代表。以旅行兩百年所培養出的知識，負責村子的建築工作（？）。

【莉絲／莉莉／莉芙／莉柯特／莉婕／莉塔】
與莉亞有血緣關係的族人。

【菈法／菈莎／菈露／菈米】
跟莉亞她們會合的高等精靈。

【菈菈薩】
跟菈法她們有血緣關係的族人。擅長製作木桶。

●加爾加魯德魔王國

【魔王加爾加魯德】
魔王。照理說應該很強才對。

【比傑爾・克萊姆・克洛姆】
魔王國四天王之一，負責外交工作，封伯爵。勞碌命。傳送魔法使用者。

【葛拉茲・布里多爾】
魔王國四天王之一，負責軍事工作，封侯爵。雖是軍略天才卻喜歡上前線。種族是半人牛。

【芙勞蕾姆・克洛姆】
村內魔族暨文官少女組的代表。暱稱「芙勞」，是比傑爾的女兒。

【優莉】
魔王之女。擁有未經世事的一面。曾在村子住過幾個月。

【文官少女組】
優莉與芙勞的同學兼朋友。在村裡擔任芙勞的部下非常活躍。

【菈夏希・德洛瓦】
文官少女其中之一，是魔王國德洛瓦伯爵家的次女。主要負責照顧半人馬族。

【荷・雷格】
魔王國四天王之一，負責財務工作。暱稱「荷」。

龍

【德萊姆】
在南方山脈築巢的龍，別名為「守門龍」。喜歡蘋果。

【葛菈法倫】
德萊姆的夫人，別名「白龍公主」。

【拉絲蒂絲姆】
村內龍族的代表，別名「狂龍」。是德萊姆和葛菈法倫的女兒。喜歡柿餅。

【德斯】
德萊姆等人的父親，別名「龍王」。

【萊美蓮】
德萊姆等人的母親，別名「颱風龍」。

【哈克蓮】
德萊姆姊姊（長女），別名「真龍」。

【絲依蓮】
德萊姆姊姊（次女），別名「魔龍」。

【馬克斯貝爾加克】
絲依蓮的丈夫，別名「惡龍」。

【海賽兒娜可】
絲依蓮和馬克斯貝爾加克的女兒，別名「暴龍」。

【賽琪蓮】
德萊姆的妹妹（三女），別名「火焰龍」。

【德麥姆】
德萊姆的弟弟。

【廓恩】
德麥姆的妻子。父親是萊美蓮的弟弟。

【廓倫】
賽琪蓮的丈夫。廓恩的弟弟。

【古拉兒】
暗黑龍基拉爾的女兒。

【火一郎】
火樂與哈克蓮的兒子。人類與龍族的混血。

【基拉爾】
暗黑龍。

古惡魔族

【古吉】
德萊姆的隨從，也是相當於智囊的存在。

【布兒佳／史蒂芬諾】
古吉的部下。現在擔任拉絲蒂絲姆的傭人。

惡魔族

NEW 【庫茲汀】
四號村的代表。村內惡魔族的代表。

獸人族

【格魯夫】
好林村的使者。應該是一名很強的戰士。

【賽娜】
村內獸人族的代表，從好林村移居至此。

【瑪姆】
獸人族移民之一。主要負責照顧樹精靈族。

◎長老矮人

【多諾邦】
村內矮人的代表。最早來到村裡的矮人，也是釀酒專家。

【威爾科克斯／庫洛斯】
繼多諾邦之後來到村子的矮人，也是釀酒專家。

◎夏沙多市鎮

【麥可．戈隆】
人類。夏沙多市鎮的商人，戈隆商會的會長。極其正常的普通人。

NEW【馬龍】
麥可先生的兒子。下任會長。

NEW【提特】
馬龍的堂弟。戈隆商會的會計。

NEW【蘭迪】
馬龍的堂弟。戈隆商會的採購。

NEW【米爾弗德】
戈隆商會的戰鬥隊長。

◎？？？

【阿爾弗雷德】
火樂與吸血鬼露所生的兒子。

【蒂潔爾】
火樂與天使族蒂雅所生的女兒。

◎山精靈

【芽】
村內山精靈的代表，是高等精靈的亞種（？）。擅長建築土木工程。

◎半人蛇

【裘妮雅】
南方迷宮統治者。下半身為蛇的種族。

【絲涅雅】
南方迷宮的戰士長。

◎半人牛

【哥頓】
村內半人牛族的代表。是身軀龐大而且頭上長牛角的種族。

【蘿娜娜】
派駐員。魔王國四天王之一的葛拉茲為她著迷。

◎半人馬

【古露瓦爾德．拉比．柯爾】
村內半人馬族的代表。是一種下半身為馬的種族，腳程飛快。

【芙卡．波羅】
雖是男爵，卻是個小女孩。

◉樹精靈

【依葛】

村內樹精靈族的代表。是一種能變成樹樁和人類模樣的種族。

◉其他

【史萊姆】

在村子裡的數量與種類日益增加。

【牛】

分泌牛奶，不過牛奶產量不像原世界的牛那麼多。

【雞】

提供雞蛋，不過雞蛋產量不像原世界的雞那麼多。

【山羊】

分泌山羊奶。一開始性格狂野，但後來變乖了。

【馬】

為了讓村長移動用而購買的。對古露瓦爾德抱持競爭意識。

【酒史萊姆】

村內的療癒代表。

【死靈騎士】

身穿鎧甲的骷髏，帶著一把好劍。劍術高手。

【土人偶】

烏爾莎的隨從。總是努力打掃烏爾莎的房間。

【貓】

火樂撿回來的貓。充滿謎團的存在。

◉大英雄

【烏爾布拉莎】

暱稱烏爾莎。原為死靈王。

◉巨人族

【烏歐】

渾身長滿毛的巨人。性情溫厚。

◉墨丘利種（人工生命體）

NEW **【葛沃・佛格馬】**

太陽城城主輔佐。初老。

NEW **【貝爾・佛格馬】**

種族代表。太陽城城主首席輔佐。女僕。

Farming life
in another world.
Presented by Kinosuke Naito
Illustrated by Yasumo

後記

各位知道「plot」這個詞嗎？

它是英文，所以具有好幾種意義，不過在此請當成「故事的發展」或「故事的架構」。

不止我，寫故事的人，在下筆之前都會想出大大小小的大綱。

有龐大而綿密到讓人質疑「這個大綱，字數是不是比小說還多呀？」的大綱，也有單單一句「勇者打倒魔王，救出被綁走的公主」的大綱。

兩者沒有什麼好壞之分。每個人的作法不同，寫手也有適合的類型，這部分我覺得隨自己高興就好。所以，我要這麼說：

「大綱就是要丟掉的東西」。

各位能夠理解嗎？

所謂的大綱，終究只是下筆之前考慮的初期方案。

不過是「如果這樣就好～」、「我想這樣做耶～」的期望。

在寫故事的過程中，必定會遇上「奇怪，角色自己動起來了耶？」的狀況。也可以說一不小心就寫出來了。這時候，寫手就會面臨要「按照大綱修正」，或者「無視大綱交給角色自己發揮」兩種選擇。

按照大綱修正不會出問題，也比較簡單。然而，會讓故事變有趣的，絕對是無視大綱那一邊。

因為，角色會自己動起來，就代表故事在說：「這樣比較有趣吧？」

所以，各位，丟掉大綱吧。

大家好，我是內藤騎之介。

這是丟掉大綱的第五集。請多指教。

呃，雖然我前面寫著要丟掉大綱，但我其實還沒丟。

角色擅自動了起來。可是，一切按照預期。我在大綱裡寫著「到這裡應該會自己動起來才對」。發生了雖然丟掉大綱，卻按照大綱走的奇蹟！

…………

這可不是走一步算一步喔？我有好好想過才寫。因為我還有很多藏著沒拿出來的設定。

只不過，之前沒考慮到要出書，所以章節安排得不夠均衡。

抱歉，我會努力試著在下一集改善。

所以，下一集再會吧！再見！

內藤騎之介

作者 內藤騎之介

Kinosuke Naito

大家好，我是內藤騎之介。
一顆在情色遊戲農田裡收成的圓滾滾鄉下土包子。
過著有大量錯字與漏字的人生。
還請多多指教。

插畫 やすも

Yasumo

有時玩遊戲，有時畫圖。
是一位插畫家。
希望自己能創作出更多元的題材。

異世界
悠閒
農家

05

露與芙勞的下集預告閒～聊

大家好，我是女主角（笑）露！

我是在第五集非常沒存在感的芙勞。請多指教。

那麼那麼，這次的第五集……和第四集的下集預告一樣，有人攻來了呢～

說是遭到攻打，但也只是被人家宣戰而已……

如果被攻擊，老公應該會衝上去耕了人家。

應該會耕掉人家吧～和平解決真是太好了。

會用和平形容那種結果，芙勞妳也深受毒害了呢～

畢竟，在最糟糕的情況下，得把它打下來嘛。

也對。總而言之增加了新居民，圓滿結束了呢。

是啊。那麼，下一集會怎麼樣？

接下來……好像還要提一些夏沙多的事呢。還有，貓會變多。

06

即將發售！

Next
Farming life
in another world.

貓會變多啊？

會變多喔～還有，我們能不能出場就……

動物的戲分比女孩子還要多，這樣對嗎？

這就是這部作品的優點？沒錯吧？

應該是吧。座布團女士和小黑先生牠們就很受歡迎。

不能輸呢。

嗯，我也要努力……雖然想這麼說，但是找不到我的戲分。

我的戲分……有！很好！

第六集預定就是這種感覺！敬請期待！

異世界悠閒農家 06

國家圖書館出版品預行編目資料

異世界悠閒農家 / 內藤騎之介作 ; Seeker譯. -- 初版
. -- 臺北市 : 臺灣角川, 2020.05-
冊 ; 公分
譯自 : 異世界のんびり農家
ISBN 978-957-743-760-0(第4冊 : 平裝). --
ISBN 978-957-743-965-9(第5冊 : 平裝)

861.57 109003329

Kadokawa
Fantastic
Novels

異世界悠閒農家 5

（原著名：異世界のんびり農家 5）

2020年9月3日 初版第1刷發行
2023年3月16日 初版第2刷發行

作　者：內藤騎之介
插　畫：やすも
譯　者：Seeker

發 行 人：岩崎剛人
總 編 輯：蔡佩芬
編　　輯：彭曉凡
美術設計：莊捷寧
印　　務：李明修（主任）、張加恩（主任）、張凱棋

發 行 所：台灣角川股份有限公司
地　　址：104台北市中山區松江路223號3樓
電　　話：（02）2515-3000
傳　　真：（02）2515-0033
網　　址：www.kadokawa.com.tw
劃撥帳戶：台灣角川股份有限公司
劃撥帳號：19487412
法律顧問：有澤法律事務所
製　　版：巨茂科技印刷有限公司
ＩＳＢＮ：978-957-743-965-9